Dario Fo

Die Welt, wie ich sie sehe

Dario Fo
Mit Giuseppina Manin

Die Welt, wie ich sie sehe

Aus dem Italienischen
von Peter O. Chotjewitz

Rotbuch Verlag

Der Rotbuch Verlag dankt dem italienischen Außenministerium für die Übersetzungsförderung dieses Buches.

Die Zeichnungen in diesem Band sind von Dario Fo.

Die Anmerkungen zum Text stammen vom Übersetzer.

ISBN 978-3-86789-041-0

Deutsche Erstausgabe, 1. Auflage

Titel der Originalausgabe:
»Il mondo secondo Fo. Conversazione con Giuseppina Manin«

Umschlaggestaltung: Buchgut, Berlin
Umschlagabbildung: action press
Druck und Bindung: CPI Moravia Books GmbH

Ein Verlagsverzeichnis schicken wir Ihnen gern:
Rotbuch Verlag GmbH
Neue Grünstraße 18
10179 Berlin
Tel. 01805/30 99 99
(0,14 Euro/Min. aus dem deutschen Festnetz,
abweichende Preise für Mobilfunkteilnehmer)

www.rotbuch.de

INHALT

VORWORT FÜR DIE DEUTSCHSPRACHIGE AUSGABE

Zum ersten Mal spielte ich auf einer westdeutschen Bühne vor dreißig Jahren, 1976. Das Stück, das ich vorstellte, war *Mistero buffo*. Mir zur Seite stand ein hervorragender Übersetzer, Alex Langer, ein Freund aus Südtirol, der in zwei Kulturen aufgewachsen war und so agil übersetzte, dass die Worte, die ich auf der Bühne sprach, sich im selben Augenblick vom Italienischen ins Deutsche verwandelten und ein fast magischer Einklang entstand.

In Frankfurt am Main, wo ich auftrat, inszenierte mein Regieassistent Arturo Corso *Non si paga! Non si paga!*[1] in der Übersetzung von Peter O. Chotjewitz. Ich traf Peter einige Tage vor meinem Auftritt im dortigen Theater. Er war, vorsichtig gesagt, verärgert über die fehlende Reklame, die für mich gemacht wurde. Am Eingang hing ein einsamer Zettel, mit dem die Direktion sich dafür entschuldigte, dass nicht genug Zeit gewesen sei, mir einen angemessenen Empfang zu bereiten. Leider – hieß es da – sei man erst wenige Tage zuvor von meiner Ankunft unterrichtet worden.

Man muss dazu wissen, dass meine Komödien bis dahin in Westdeutschland nicht bekannt waren und tatsächlich war *Non si paga! Non si paga!* die erste Inszenierung. Zuvor war in einer südwestdeutschen Stadt nur die musikalische Revue *Ci ragiono e canto*[2] aufgeführt worden, aber das war nahezu unbekannt geblieben.

Wir waren beide, Chotjewitz und ich, wegen der fehlenden Reklame ziemlich besorgt und fürchteten, dass das

Theater halb voll oder halb leer sein würde. Stattdessen stellten wir zu unserem Erstaunen fest, wie sich der Saal am fraglichen Abend auf unvorstellbare Weise füllte: Die Menschen drängten sich am Eingang, der Saal war überfüllt, und viele mussten draußen bleiben.

Ich habe keine Ahnung, durch welche geheimen Kanäle sich die Nachricht von der Aufführung verbreitet hatte. Es kam mir vor wie fünfundzwanzig Jahre zuvor in Mailand, wo wir das – natürlich falsche – Gerücht verbreitet hatten, Picasso werde persönlich in das Theater kommen, wo wir ein Stück improvisierten.

Es ist mir entfallen, welche Szenen aus *Mistero buffo* ich in Frankfurt aufgeführt habe. Mit Sicherheit waren einige Grammelot-Stücke dabei, denn wir verwendeten noch keine »rulli« – das war die Technik, die Übersetzung des Textes, den wir rezitierten, auf eine Leinwand oberhalb der Bühne zu projizieren. Eine Methode, die Franca erfand und die erst einige Jahre später verwendet wurde.

Nach der Aufführung in Frankfurt wurden wir von italienischen Emigranten in ihr Vereinslokal eingeladen, daran erinnere ich mich. Es war ein geräumiger Saal voller Landsleute. Mehr noch aber waren Deutsche gekommen, die unsere Küche liebten und unsere Lieder. Auch ich muss viel gesungen haben in jener Nacht, denn als ich anderntags aufwachte, war ich fast taub und fühlte mich wie ein Marktschreier.

In den folgenden Jahren spielte ich mehrfach in Westdeutschland, immer mit Alex Langer als Übersetzer. Ich entsinne mich einer riesigen Aula in der Universität Hamburg, ebenfalls überfüllt, und einiger Auftritte in Westberlin in einem Zelttheater, wo auch Franca spielte – das Stück *Nur Kinder, Küche, Kirche*[3]. Ich versuchte mich bei der Gelegenheit an einem Text, den ich bald nach meiner

Rückkehr aus China geschrieben hatte. Die Hauptfigur ist eine Tigerin, sodass ich mehr zu brüllen hatte, als zu sprechen. Zu meiner Überraschung verstand das deutsche Publikum mein Gebrüll besser als meine Worte.

Es ist bekannt, dass es bei Komödianten Sitte ist, nach den Aufführungen mit der ganzen Truppe und ein paar Freunden essen zu gehen. In Westberlin hatten wir ein sardisches Lokal entdeckt, das immer gut besucht war. Der Wirt bot uns einen Vertrag an: »Wenn euretwegen so viele Leute kommen, biete ich euch an, bei mir ein Jahr lang umsonst zu essen!«

Ich hatte das Bier für mich entdeckt, und so führte ich mir nach jeder Vorstellung erst einmal mit der Genusssucht eines Bayern einen Humpen zu Gemüte. Ich entdeckte auch den Riesling, einen spritzigen Weißwein, den ich an den Hängen des Rheins nie vermutet hätte. Überhaupt entwickelte ich mich nicht nur zu einem Anhänger des Bieres, sondern auch zu einem der deutschen Küche. Ich verstehe nicht, warum bei uns in Italien die Überzeugung vorherrscht, die Deutschen hätten keine achtbare Küche. Dank eines Kenners, der unsere Tournee begleitete, aß ich mit großem Vergnügen erste Gänge und Hauptgerichte, die wirklich köstlich schmeckten: Fisch in Sauce mit Pflaumen, Schweinehaxen und sogar einen Schmorbraten mit Pilzen aus der Kasserolle. Ich verzehrte diese Speisen in Berlin, in München, Stuttgart, Tübingen und anderen Städten des Nordens.

Was meine Gastspiele in Deutschland in den folgenden Jahren betrifft, herrscht bei mir eine gewisse geistige Verwirrung, sodass ich beschloss, Chotjewitz anzurufen, um mein Gedächtnis etwas aufzufrischen, vor allem für die Zeit, in der wir angefangen hatten, die »rulli« zu benutzen, aber auch Peter hatte Schwierigkeiten, sich zu erinnern.

»An eine Situation«, sagte er, »erinnere ich mich gut. Ich

besuchte euch in Mailand in der Palazzina Liberty, dem Theater, das ihr besetzt hattet, und Franca probte *Contrasto per una voce*[4], in einem hautfarbenen, hautengen Kostüm, sodass sie nackt zu sein schien. Es war herrlich. Über ihr war der Bühnenprospekt ersetzt worden durch eine Leinwand, auf der die deutsche Übersetzung in perfekter Übereinstimmung mit dem italienischen Text erschien. Die Personen, die den Projektor bedienten, waren Caroline van Gastel und Walter Valeri. Sie war eine flämisch-deutsche Schauspielerin, er Student aus der Romagna, und er bediente die Rolle auf Anweisung der schönen Flämin, die aufmerksam Francas Stimme lauschte.

Ich erinnere mich auch, wann ich dich zum ersten Mal auf einer italienischen Bühne sah. Es war 1969 in einem alten Kino an der Via Tiburtina in Rom. Du hattest gerade angefangen, *Mistero buffo* zu spielen. Ich betrat den Saal mit einer Freundin, die indianische und neapolitanische Vorfahren hatte, und du begrüßtest uns von der Bühne herab mit einem festlichen Salut:

›Ah, endlich. Ich dachte schon, ihr würdet nicht kommen! Ich hatte mir schon Sorgen gemacht!‹

Ich war natürlich sehr überrascht: Ich dachte nicht, dass du mich kennen würdest, und erinnerte mich nicht, dir schon einmal begegnet zu sein.

Als wir uns nach der Aufführung in derselben Trattoria am Campo de' Fiori zufällig wiedersahen, warst du vollauf damit beschäftigt, meiner exotischen Begleiterin Komplimente zu machen, und da wurde mir klar, dass wir uns nicht kannten. Ich musste allerdings erst noch einige Bühnenauftritte von dir erleben, um zu begreifen, dass du jeden Abend ein paar Zuschauer, die zu spät kamen, mit der gleichen Festlichkeit von der Bühne herab zu begrüßen pflegtest.«

»Das stimmt! Das stimmt!«, antwortete ich begeistert.

»Es ist ein alter *lazzo*[5] aus der Commedia dell'Arte, den ich den neapolitanischen Komödianten abgeschaut habe – angefangen bei Eduardo de Filippo.«

»Aber zurück zu uns beiden«, fuhr Chotjewitz fort, »seit 1984 durfte ich neben dir auf der Bühne stehen, um zu übersetzen, statt Langer, während Caroline und Walter weiterhin in der Kulisse saßen und an dem bewährten ›rullo‹ drehten.«

»Daran erinnere ich mich ebenfalls«, unterbrach ich ihn, »und ich muss dir gestehen, dass ich mir anfangs gewisse Sorgen machte, da du Schwierigkeiten hattest, mir im richtigen Rhythmus zu folgen, aber dann, nach einigen Aufführungen, hattest du den Mechanismus perfekt begriffen und ahntest manche Improvisationen sogar im Voraus. Oftmals, wenn ich mich verhedderte, richtetest du den Satz zurecht, sodass er sauber beim Publikum ankam, das zu meiner Überraschung lachte und applaudierte, bevor ich meinen Satz geendet hatte.«

Was Berlin angeht, so entsinne ich mich genau des großen Zirkuszeltes, in dem wir bei einem Theaterfestival spielten. Es gab mehrere Zelte verstreut über das Gelände. Eins vor allem, wo die Clowns und Akrobaten einer französischen Truppe auftraten und auch großartige Reiterkunststücke aufführten. In einem anderen Zelt ganz in Rot trat eine Gruppe aus den USA auf, die Beckett spielte. Sie gastierten mit einem seiner Meisterwerke: *Endspiel.*

Ich war sehr verlegen, als ich sie besuchte. Sie probten genau in der Mitte unter dem großen Zeltdach. Keine szenischen Elemente, nur die Schauspieler. Ich tastete mich vorsichtig nach vorn und bemühte mich im Dunklen zu bleiben. Plötzlich hörte ich, wie jemand mit unterdrückter Stimme nach mir rief: »Dario! Quel plaisir de te voir!«

Ich drehte mich um, und hinter mir stand ausgerechnet

er: der größte Theaterautor jener Zeit, Beckett persönlich. Er war menschenscheu, reichte mir kaum die Hand und sagte: »Ich habe dich in Paris spielen sehen, vor einigen Jahren, ich war beeindruckt.«

Nach der Probe lud er mich ein, auf die Bühne zu kommen, und stellte mich nacheinander den Schauspielern vor, wobei er betonte, dass sie alle in Alcatraz inhaftiert gewesen waren, dem Gefängnis, das man einige Jahre zuvor geschlossen hätte. Tatsächlich spielten sie auf Englisch, genau gesagt sprachen sie unterschiedliche amerikanische Slangs, sodass ich nicht ein Wort verstand.

Es passiert einem nicht jeden Tag, dass man einem Theater begegnet, das aus Strafgefangenen besteht, die um die Welt reisen.

Vielleicht ist das wirkliches Theater?

Dario Fo
Mailand, im Juni 2008

»Achtzig Jahre bin ich alt, aber erlebt habe ich mindestens hundertfünfzig. Wenn ich dann die Jahre mit Franca hinzurechne, haben wir zwei, drei Jahrhunderte auf dem Buckel. Ein sehr weiter Bogen, der zwei Leben umfasst, und diese Jahre waren ohne Ausnahme schön und intensiv. Ein Monat dauerte sechzig Tage, ein Tag achtundvierzig Stunden … Ja, Leben haben wir zwei gemeinsam wirklich viele durchlebt.«

Achtzig oder hundertfünfzig Jahre, kein großer Unterschied. Dario Fo ist und bleibt Dario Fo. Der *arme Zwerg*[6] und der respektlose Künstler, der Hanswurst und der Nobelpreisträger, der Schauspieler, der Maler, der Dramaturg, der Kunsthistoriker, der Revolutionär, der Politiker, der Aufrührer, der unverbrüchliche Ehemann und der Wortbrüchige, der Ungläubige und der, der dem Heiligen nachspürt … Achtzig Jahre. Zu wenig für so viele Leben.

»Ich habe wirklich noch viel vor«, versichert er. Das Notizbuch ist voller Aufträge, die für ein paar Jahrhunderte ausreichen: der Kampf für eine bessere Welt, für einen weniger ausgebeuteten Planeten, für Städte nach menschlichen und natürlichen Maßen … »Und dann müssen wir die Ärmel hochkrempeln für die Bürgerrechte, für unsere und für die derer, die von weit her kommen und bei uns nichts weiter suchen als Arbeit. Versuchen müssen wir, endlich eine gute Regierung einzusetzen oder wenigstens eine ordentliche Regierung. Es ist nötig, gegen den Krieg auf die Straße zu gehen. Der nie etwas verhindert und nichts verbessert und der nie zur Befreiung der Unterdrückten führt, sondern stets nur irgendeinen anderen Unterdrücker unterstützt. Kämpfen müssen wir gegen die Waffen, die niemals intelligent sind, sondern stets zum Fürchten stumpfsinnig, verletzend, grausam, genau wie jene, die sie rechtfertigen. Wachsamkeit ist erforderlich gegen Fanatismus, Intoleranz, Terrorismus. Diese gehen niemals nur von einer Seite aus und, wie die Geschichte zeigt, sind häufig strategische Funktionen einer Macht, die sich in einer Krise befindet und sogar bereit ist, Bomben und Bombenwerfer einzusetzen, um ihren Stuhl zu retten. Ein Schulwesen, eine Kultur und ein Informationssystem, die diesen Namen verdienen, müssen erkämpft werden, denn sie sind der einzige wirkliche Weg zu einer echten Demokratie. Wer ein Interesse daran hat, dass die Menschen unterworfen bleiben, vernebelt und verdummt, wird sie am meisten boykottieren und gering schätzen. Unsere Empörung müssen wir hinausschreien über ein Gesundheitssystem, das die Schwachen ausschließt, über einen Arbeitsmarkt, der die Jugend immer mehr an den Rand drängt.«

Die Liste geht weiter. Der alte Spielmann[7] hat viele davon gesehen, doch müde ist er nicht. Etwas enttäuscht, aber unfähig, aufzugeben, sich zurückzuziehen, sich zu ergeben. In einer Welt der immer weicheren Bäuche befindet er sich, wie die anderen seines Schlages – die großen Alten, großzügigen, unerbittlichen, die Asor Rosa[8], Abbado[9], Peter Brook[10] –, die Jedi-Ritter, der zivilen, nicht der Sternenkriege. Möge die Kraft mit ihnen sein.

Woher kommt diese ganze Energie?

»Es ist eine Tatsache, dass ich das Leben liebe. Sogar sehr. Es macht mir zu großen Spaß zu leben, ich bin neugierig auf alles, ich kann nicht aufhören, in sämtlichen Ecken des Lebens zu stöbern. Das Leben hat mich mit fast übertriebener Großzügigkeit behandelt. Es hat mir alles gegeben, jenseits aller Erwartungen. Meine Träume konnte ich verwirklichen und mehr noch. Ich wurde geliebt, und ich habe geliebt. Seit etwa einem halben Jahrhundert weiß ich eine außergewöhnliche Frau an meiner Seite, und ich habe einen Sohn, Jacopo, auf den ich sehr stolz bin. Als Sahnehäubchen habe ich noch dazu den Nobelpreis bekommen und einen Doktorhut der Sorbonne …«

Ein schwindelerregender Lebenslauf. Mancher würde den Kopf verlieren.

»Ich hatte zum Glück noch eine andere Gottesgabe, die Höchste vielleicht: die Ironie und die Selbstironie. Deshalb habe ich alle diese Dinge genossen, jedoch nie ganz ernst genommen. Man könnte sagen, dass ich alles als ein ›vergängliches Fest‹ betrachtet habe. Großartig, doch früher oder später muss man die Bühne verlassen.«

Wie im Theater jeden Abend.

»Die Rampe des großen Zaubers: des Lebens, der Erfindungen, des Ortes, wo man die Geschichte und die Geschichten erzählen kann, Leidenschaften erregen, Wut, Nachdenken. Das Theater wird mit dem Menschen geboren, es erzählt von dir, von mir, von uns. Shakespeare hat alles über seine Zeit berichtet und auch über die danach. Wer auf der Bühne steht, kann die Leute zum Lachen bringen, zum Weinen, sie bewegen. Zum Nachdenken anregen. Eine schreckliche, gewaltige, aufrührerische Waffe.

Nicht umsonst wurden die Schauspieler und Spielleute zu allen Zeiten verfolgt, beiseite gedrängt, außerhalb der Stadtmauern beigesetzt. Die Machthaber fürchten jeden, der ihr finsteres Gesicht in Szene setzt. Sie tun gut daran. Ein Lachen am richtigen Ort kann ausreichen, sie alle zu begraben.«

Ein halbes Jahrhundert vor diesem bekannten Achtundsechziger-Slogan hat Georg Groddeck, der »wilde« und geniale Analytiker, Folgendes geschrieben: »Im Narrengewande werde ich noch einmal auftreten. Ich halte die Satire für die einzige Form, in der mäßig begabte Leute wie ich sich auch in der fernen Zukunft lebendig erhalten können.«[11]

Weiterleben. Eine schwierige Kunst in einer Zeit, in der alle damit zufrieden zu sein scheinen, dass sie überleben.

»Man lernt es. Wie alle Künste und jedes Handwerk. Wir, die wir im Krieg aufgewachsen sind, mussten es vielleicht etwas schneller erlernen. Wie jede Disziplin erfordert die Fähigkeit zum Widerstand jedoch ständige Übung. Wer in Kleinigkeiten nachgibt, gibt auch im Großen nach. Wenn man den richtigen Atem erworben hat, kann man hingegen jeden Marathon mitmachen.«

Auch in fortschreitendem Alter?

»Müdigkeit und Gebrechen sind unvermeidlich. Der Gehirnschlag, der mich vor einigen Jahren getroffen hat, ist nicht ohne Folgen geblieben. Aber er hat mir auch einen enormen Willen verliehen, mich wieder aufzurappeln. Um die Augen zu üben, die Sehfähigkeit war halbiert, und die unsichere Hand zu stärken, habe ich angefangen, wieder zu malen, und das in der schwierigsten Technik, mit Öl. Nach und nach bin ich wieder in Schwung gekommen, wenn auch mühsam und unter Schmerzen. Abends hatte ich das Gefühl, die Augen würden bluten, und musste mir Eisbeutel auflegen, um das Brennen zu lindern. Und dann die unheilbare Krankheit, das Alter. Grausam, gewiss, aber auch fähig, dir unerwartete Geschenke zu reichen. Einerseits lässt es dich über die Worte stolpern und zieht dir die Details der Erinnerungen unter den Füßen weg, andererseits schenkt es dir größere Freiheiten und ein Mehr an Ironie. Im Alter bist du der, der du bist. Du musst keinem mehr etwas zeigen. Große Alte wie Mario Monicelli[12], der sich trotz seiner mehr als neunzig Jahre ein wunderbares Gedächtnis bewahrt hat, oder Giorgio Bocca[13], der nur sagt, was er denkt, ohne Ansehen der Person, oder Giovanni Pesce, der heldenhafte Partisanenführer, erinnern uns daran, dass der gefürchtete dritte Lebensabschnitt eine ebenso interessante Zeit ist wie die anderen. Im Alter kannst du dir sogar den Luxus erlauben, mit deinen Jahren zu spielen. Eines Tages bist du achtzig und am nächsten Morgen wachst du auf und fühlst dich, als hättest du fünfundzwanzig auf dem Buckel. Und wenn dein Enkel kommt, wirst du wieder ein Kind und spielst mit ihm. Es macht Spaß, die Zeit abzuspulen.«

HINTER DER MASKE

Mit der Zeitspule zu spielen, ohne sich um die Probleme des kleinen Hans zu kümmern, scheint auch die dunkle Ledermaske zu amüsieren, die von der Höhe des Bücherregals herab zwischen einer dicken *Theatergeschichte* und einer illustrierten Reihe über die mittelalterliche Malerei kichert vor Freude über den Gedanken. Eine Harlekinsmaske des Zanni[14] der Commedia dell'Arte. Ein dämonisches Wesen mit schwarzem Gesicht, wie angekokelt. Ein Faun aus undurchdringlichen Wäldern, höllisch, obszön, freiheitlich. Wer weiß, wie oft Fo sie getragen hat. Es gibt viele Masken im weitläufigen Wohn- und Arbeitsraum in der Via Romana, wo Dario und Franca leben und schreiben, sich lieben und streiten. Die Regale sind voll davon, die Wände, zwischen Büchern sind sie versteckt, am Schwanz alter Holzpferdchen befestigt. Mindestens hundert sind es. Alte und neue, traditionelle und innovative. Hinter leeren Augenhöhlen verbergen sie große Geschichten, die sie erzählen könnten. Alles alte Freunde der Familie.

*

Die knochigen Finger Fos berühren einige von ihnen zärtlich. »Wenn man eine Maske trägt, kann man nicht lügen«, mahnt er. »Die Maske kommt mit den Menschen in die Welt, in allen Breiten, mit den frühesten Zivilisationen. Die eigene Identität verstecken zu können und zeitweilig eine andere anzunehmen ist ein außergewöhnliches Wunder, es gestattet dir eine anders nicht erreichbare Freiheit. Denn die Maske verbirgt das Individuum, das Relative, Vergängliche und zeigt stattdessen das Universale, Uneingestandene. Es verdeckt die Gesichtszüge, verändert die Stimme und lässt nur eine einzige Sache herausdringen: die Wahrheit. Die Schauspieler, die sie tragen, aber auch alle anderen, haben das Recht, das zu sagen, was sie denken. Nicht ich spreche, sondern der andere. Jenes seltsame Gesicht, das ich mir ein paar Stunden lang geliehen habe. Der Karneval ist so entstanden: Ein Jahr lang erträgt man schweigend Gewalt und Missbrauch, und dann ein freier

Tag, um alles über den Haufen zu werfen, was einem im Magen liegt oder am Herzen. Die Missetaten des Königs und des Papstes, des lokalen Herrscherleins und des Bischofs. Die einmal hören und sehen müssen, was die anderen von ihnen halten, ohne etwas dagegen tun zu können. Denn die Maske und das Fest garantieren, dass alles nur ein Scherz ist, alles nur zum Lachen. Ein Verstoß gegen die politische und gesellschaftliche Zensur oder, wie im achtzehnten Jahrhundert, gegen die spießbürgerlichen Regeln der Epoche. Als es ausreichte, sich eine ›bautta‹[15] oder eine ›moretta‹[16] aufzusetzen, um sich größere private Freiheiten herauszunehmen. Ein leichtes und leichtsinniges Passepartout für Alkoven, geheime amouröse Begegnungen und verbotene Abenteuer.«

Kurz, der Maske ein langes Leben, die allen Gelegenheit für ein anderes Leben schenkt, eine Parenthese der Freiheit, ohne Eintritt zu bezahlen.

*

»Nein, nein, nicht allen. Den Politikern zum Beispiel bekommt sie nicht. Sie ist sogar höchst unverträglich für sie. Die Maske ist eine gefährliche Waffe, zweischneidig. Ein Rasiermesser der Freiheit. Wenn du sie nicht zu gebrauchen verstehst, riskierst du hereingelegt zu werden. Wenn du dein Gesicht verbirgst, bist du verpflichtet ›objektiv‹ zu agieren. Du zeigst deine Wahrheit, das, was du wirklich bist. Wenn wir Berlusconi, Bush, Blair und Konsorten maskieren würden, gäbe es für sie kein Entkommen.«

Wenn Sie das sagen. Sie sind mit einer Maske zur Welt gekommen. Diese Nase, die runden, spöttischen, verwunderten Augen, dieses Lächeln, das stets bereit ist, sich bis zu den Ohren zu öffnen. Mamma Fo scheint einen Sinn für Humor gehabt zu haben.

»O ja! Die Pina war geistreich, spritzig, neugierig. Ich war immer ihr Hätschelkind, muss ich zugeben. Vielleicht, weil ich sie von Anfang an zum Lachen gebracht habe und zur Verzweiflung. Die Pina war ironisch. Sogar etwas hexenhaft. Ich entsinne mich, ich war noch am Anfang meiner Karriere und hatte eben die ersten Erfolge auf der Bühne, da war sie schon so begeistert, dass sie in der Familie verkündete: ›Ich glaube, der gewinnt mal den Nobelpreis!‹ Mein Bruder Fulvio versuchte sie wieder mit den Füßen auf den Boden zu holen und erklärte ihr, dass man Literat sein müsse, um den Nobel zu gewinnen, nicht bloß ins Theater gehen. ›Und was ist mit Pirandello?‹, erwiderte sie. ›Der ist ein Theatermensch oder nicht?‹«

DIESER SKANDALÖSE NOBEL

Tatsächlich sollte die Pina recht behalten. Aber auch Fulvio, sein Bruder, hatte es erfasst. Als Fo viele Jahre später, 1997, der Nobelpreis tatsächlich verliehen wurde, hatte ein großer Teil der Intellektuellen bei uns Schluckbeschwerden. Während die Welt die mutige Entscheidung der Stockholmer Akademie begrüßte, sah man in Italien lange Gesichter statt Feiern, las man Beleidigungen und hörte Verwünschungen.

»Weil die Kultur bei uns in alten croceanischen[17] Netzen hängen geblieben ist. An der Schwelle zum Jahr zweitausend waren alle noch damit beschäftigt, die staubigste aller literarischen Fragen zu diskutieren: ob sie zur ›hohen‹ oder zur ›niederen‹ Kultur gehöre. Muffige Fragen der Bücherweisheit von provinziellen Intelligenzfritzen. Die untereinander ihre Rankünen ausfochten und auf der Mauer lagen und für den einen oder anderen Clan ihre Frömmigkeitsübungen veranstalteten. Bis dann wie ein Blitz aus heiterem Himmel das Urteil aus den Nebeln des Nordens erging, das sie wegfegte und erschütterte. Nobelpreis für einen Spielmann. So etwas gab es noch nie. Ein wahrer Albtraum, ein echtes buffeskes Mysterium[18]. Alle Parameter stehen Kopf, jede Vorhersage wird verspottet. Der Nobel für einen Possenreißer und noch dazu einen linken. Auf denselben Sockel gestellt wie Canetti und Brodski, Montale, Camus, Pirandello und Pasternak. Mancher wäre fast tot umgefallen. Zu den indigniertesten gehörten zwei Spitzenkritiker der literarischen Welt namens Goffredo Fofi[19] und Giovanni Raboni[20]. Raboni unterstützte die Kandidatur des Lyrikers Mario Luzi[21]. Doch als ich Luzi eines Tages traf, erklärte er mir: ›Ich weiß, dass man dir einige üble Gerüchte hinterbracht hat, die ich über dich verbreitet hätte. Es ist alles Quatsch. Ich bin glücklich, dass du den Nobel gekriegt hast.‹ Auf der anderen Seite, wo meine Fans sitzen, befanden sich die Philologin Maria Corti[22] und der Kritiker Franco Cordelli[23], der die Preisverleihung eine ›grandiose Sache‹ und eine ›poetische Geste‹ nannte. Besonders begeistert kommentierte Giorgio Strehler[24] die Nachricht: ›Als Europäer und Theatermacher fühlen wir uns geehrt.‹«

Auf der Seite der Empörten fehlten auch die Politiker nicht …

»Albertini[25], Bürgermeister meiner Heimatstadt Mailand, schickte nicht einmal ein Telegramm und machte sich in keiner Weise bemerkbar. Ein ohrenbetäubendes Schweigen. Eine laute Maulschelle, die er einige Monate später wettzumachen versuchte, indem er mir einen Ambrosius[26] anbot. Nein danke, der Nobel reicht mir, antwortete ich. Ignazio La Russa[27] nannte mich in seiner nichtsnutzigen Art einen ›Nobelnichtsnutz‹[28]. La Russa. Erinnern Sie sich an ihn? Der mit dem schwarzen Bärtchen wie ein Wüterich und den Augen eines Wahnsinnigen. Dem bösen Räuber aus dem Kasperletheater wie aus dem Gesicht geschnitten. Ich frage mich immer, ist er so zur Welt gekommen oder schminkt er sich? Kurz: Während die internationale Presse und das ausländische Fernsehen bei mir vor der Haustür standen, um mich zu interviewen, versuchten sie in Italien, mit allen Mitteln das Echo auf den skandalösen Preis abzuwürgen. O ja, es war wirklich ein großer schöner Spaß. Abgesehen von dem Vergnügen, dem Stolz und der Befriedigung danke ich den sympathischen schwedischen Akademiemitgliedern noch heute dafür, dass ich so wunderbar viel zu Lachen hatte.«

Ein Lachen, das er ihnen reichlich zurückgab. Nie zuvor hat der elegante, blaue, mit vergoldetem Stuck verzierte Saal, wo der Nobelpreis traditionell überreicht wird, eine Versammlung gesehen, die sich so würdevoll vor Lachen krümmte. Fo unterwanderte die ernste Zeremonie, indem er die traditionelle »Vorlesung« des Nobelpreisträgers in ein einmaliges und unwiderstehliches Spektakel verwandelte.

»Ich war als Spielmann ausgezeichnet worden, und so wollte ich diesen angesehenen Preis meinen anonymen Kollegen widmen, den fahrenden Sängern und Seiltänzern[29] aller Zeiten, die man im Mittelalter verfolgt und verbrannt hat und die auch heute noch ihren Beruf nur unter Mühen ausüben können. Der Titel meiner Vorlesung lautete ›Contra jogulatores obloquentes‹ und bezog sich auf ein Gesetz, das Friedrich II. im Jahre 1221 gegen die beleidigenden und verunglimpfenden Spielleute erlassen hat[30]. Das Gesetz erlaubte es jedem Bürger, die Schauspieler zu beleidigen, zu schlagen oder umzubringen. Alles mit Genehmigung des Kaisers, ohne Risiko, dafür belangt oder bestraft zu werden.«

»Werte Mitglieder der Akademie«, ruft Fo der vollständig erschienenen Versammlung in Stockholm zu, »liebe Mitglieder der Akademie, diesmal haben Sie übertrieben. Schon vor Jahren habt Ihr einen Schwarzen gekürt, dann einen Juden und jetzt einen Spielmann … Wo soll das enden?« Die Akademie sieht sich an, die Übersetzung erfolgt simultan, sie brechen in Lachen aus. So hebt ein verzaubernder Märchenerzähler in reinster Fo'scher Machart an, der schmierenkomödiantische Verrücktheiten mit gelehrsamen Zitaten mischt, Äffungen und Poesie. Zwei nie gehörte Sprachen präsentiert er vor den hehren Sesseln, die Sprache der Comics und des Grammelot[31]. Ein Wunder an Intelligenz und Komik erweckt er zum Leben, einen fantasiereichen gestischen Pastiche, einen onomatopoetischen Kanevas, der auch für das illustre anderssprachige Parkett unmittelbar verständlich ist. So wie stets in allen Teilen der Welt.

Als Leitfaden dienen ihm fünfundzwanzig Bildtafeln in kräftigen Farben von seiner Hand. Geschichten und Figuren gemalt mit dem zupackenden, aussagekräftigen Strich, der ihm eigen ist. Fo erzählt seine Lebensgeschichte: den Ort seiner Geburt, San Giano, und das benachbarte Porto Valtravaglia, wo er aufwuchs. »Orte an der Grenze, mit verrückten Leuten, meisterhaften Glasbläsern, Geschichtenerzählern. Die ersten Rudimente der Kunst des

Erzählens habe ich dort gelernt«, erinnert er sich. Dann ein Blatt, den literarischen Meistern gewidmet, Ruzzante, Shakespeare, Molière, und eines, das seine vielen Kämpfe rekapituliert, in den Fabriken, in Gefängnissen, auf Straßen. Die letzte Tafel gilt Franca, der stetigen Gefährtin. Dario stellt sie als die Dame mit dem Hermelin dar, nach Leonardo, wunderschön und geheimnisvoll. Unter der Abbildung der Satz: »Ohne sie hätte ich nichts gewonnen.« Eine Liebeserklärung in sechs Worten.

Auf der Reise von Mailand nach Stockholm blätterte Fo das Album mit den Farbtafeln durch, um seinen Vortrag zu memorieren, sehr zur Verwunderung der übrigen Fluggäste, die Anteil nahmen, und der Stewardessen, die nicht aufhörten, ihm ihr Lächeln zu schenken und Champagner anzubieten (aber er stieß lieber mit einem guten Rotwein an), während der Flugkapitän sich als alter Schwede geehrt fühlte, einen Nobel an Bord zu haben, die Nachricht über den Bordlautsprecher verkündete und dadurch nicht nur einen sofortigen Applaus auslöste, sondern auch eine wahre Pilgerreise der Passagiere, die darauf drängten, ein Autogramm zu erhaschen oder ihm wenigstens die Hand zu drücken. Denn die gewöhnlichen Leute haben das Bedürfnis, diesem geistvollen Possenreißer mit den ungekämmten weißen Haaren und den schalkhaften spöttischen Augen für die Sympathie und die Klugheit zu danken, die er mit vollen Händen verschenkt, aber auch dafür, dass er seit einem halben Jahrhundert bis heute nicht in seinem Bemühen und seiner Absicht nachgelassen hat, unserem Land, Italien, als Gegenstimme der täglichen Berichterstattung und der Geschichte zu dienen.

Einer Geschichte, die auch bei uns oft nur schwierig zu entwirren ist, und erst recht in Schweden. Doch Professor Fo, dunkler Anzug, rote Krawatte, wollte sich bei diesem denkwürdigen Auftritt nichts ersparen. Mit Anna Barsotti, der Übersetzerin und Freundin an seiner Seite, die jeden hingehauchten Gedanken im Fluge aufgriff, entfesselte Dario sich in totaler Freiheit und mixte Taten und Untaten von gestern und heute, angefangen von der Halsgerichtsbarkeit Friedrichs II. bis zu den unendlichen Widersprüchen der im Falle Sofri aufgehäuften Prozesse, von dem Sivas-Massaker[32] in Anatolien bis hin zu den staatlich angezettelten Blutbädern in Italien.

Ein komplexes Gewirr von Taten und Untaten, wie es nur er zusammenfassen und dank seiner Ironie und der Kraft einer weltweit verständlichen Pantomimik wieder entwirren kann. Ein paar Tage reichten Fo, um neuer Souverän von Stockholm zu werden. Verwöhnt wird er in der Suite im obersten Stockwerk des monumentalen Grand Hotel, die dem jeweiligen Lorbeerträger vorbehalten ist, gefeiert Tag und Nacht, als eine Gruppe junger Mädchen, auf dem Kopf die Kerzen der Santa Lucia, an seiner Tür klopft, ein besonderes Gebäck überreicht und ein Liedchen singt. Im Königlichen Dramatischen Theater wird er auf die Bühne gebeten (in der Proszeniumsloge versteckt der mythische Ingmar Bergman), in der Universität wird er empfangen, sogar bei Hofe. Beim traditionellen Nobelbankett ist er mit Franca Rame Gast von Carl XVI. Gustav und seiner Frau Königin Silvia. König und Spielmann am gleichen Tisch, beide im Frack von unübertrefflicher Eleganz. Für Carl XVI. Gustav ist es ein fast täglich getragener Arbeitsanzug, für Fo eine Neuigkeit, die er mit derselben Nonchalance trägt, mit der er sich normalerweise in abgetragene Hemden und Sportjacken kleidet.

Doch der Nobel verrät auch nicht seine Herkunft, den Eisenbahner-Vater und die bäuerliche Mutter, die Hemden flickte, um ihm das Studium zu ermöglichen, und alle die »abgefahrenen Fantasten«, die sein Heimatdorf bevölkerten und seine ersten Meister der Erzählkunst waren. Eine großartige Ausbildung, die Fo vor einigen Jahren in einem Buch beschrieben hat, das direkt ins Zentrum seiner ungewöhnlichen und bestimmenden ersten Etappe seiner Entwicklung als Schauspieler zielt.

»Ich habe es *Il paese dei mezaràt* genannt[33] – im Dialekt am Lago Maggiore nennt man die Fledermaus ›halbe Maus‹[34] –, weil ein großer Teil der Bevölkerung in jener Grenzregion nachts arbeitete und lebte. Entweder man war Schmuggler, und in dem Fall war es besser, nicht so aufzufallen, wenn man wegging, oder man war Fischer und die Netze füllt man besser, wenn es dunkel ist, oder weil man in einer der vielen Glasbläsereien arbeitete, wo die Öfen ständig in Betrieb waren, vierundzwanzig Stunden am Tag. Alles Beschäftigungen, die im Dunkel verrichtet wurden, nur im Licht der Sterne. Aber in der Nacht, das wissen die Künstler und die Nachtschwärmer, kommen die Fantasien, die Träume, die Gedanken besser hervor. Verrückter vielleicht, aber besser. So trafen wir Jugendlichen uns oft mit diesen talentierten Narren und sammelten ihre großartigen Erzählungen, indem wir ihnen zuhörten in Kneipen, auf den Plätzen, in der Werft, auf dem Kirchplatz. Es waren zwar zumeist die gleichen Geschichten, aber jedes Mal erschienen sie neu, angepasst an die jeweilige Situation vor Ort und die neuesten Nachrichten, die man im Waschraum aufgeschnappt hatte. Vor allem richteten sie sich nach den Zuhörern, die überraschend in die Geschichten einbezogen wurden. Alle hatten ihren Tick, ihre Lieblingswörter, die das Publikum mit erstaunlicher Schnelligkeit integrierten, das Spaß daran hatte, an der Nase herumgeführt zu werden und einen erstaunlichen Sinn für das Schauspielerische dieser bezaubernden Geschichtenerzähler besaß.«

Nicht übel, in einem wundersamen Ort aufzuwachsen, eingewoben in unerhörte Fabeln und viele weise Verrückte.

»Ich wurde nicht umsonst mit dem Hemd geboren …[35] Im Ernst. Meine Mutter sprach oft davon. In der bäuerlichen Kultur galt es als Vorzeichen für großes Glück, wenn das Kind in der Plazenta zur Welt kam. Und so war es in meinem Fall. Ich stand wirklich unter einem guten Stern.«

»Und man sieht es sofort, wenn einer gut ist. Ohne die Gestirne zu betrachten. Schon Bettelheim sagte: ›Gebt mir die ersten sieben Jahre eines Menschen. Das reicht mir. In ihnen ist alles enthalten. Den Rest schenke ich euch.‹ Bettelheim war ein großer Pädagoge, er hatte eine entscheidende Wahrheit verstanden, dass die Zukunft eines jeden von dem Kind abhängt, das er gewesen ist.«

Was waren Sie für ein Kind, Fo?

»Natürlich ein Schlingel. Stets bereit, die Regeln zu missachten, die Wirklichkeit neu zu erfinden. Auf dem Land ist das einfacher. In der Natur lernt man, den Zyklen zu folgen, und man lernt die Gesetze kennen. Mit den anderen Jungs eine Gruppe zu bilden ist unerlässlich. Um in einer Bande aufgenommen zu werden, muss man verschiedene Initiationsriten durchlaufen, Obst klauen in den Gärten, Kopfsprung machen von den Felsen überm Fluss, auf der Seilbahn rutschen, mit der die Reisigbündel transportiert wurden. Auch wenn das größte Glück, das ich jedem Kind wünsche, darin besteht, eine großartige Familie zu haben. Wie die meine. Wo es Geld nicht im Überfluss gab, dafür aber Zuneigung, Fröhlichkeit, Gastfreundschaft. Sie hat uns alle drei zur Freiheit und zur Ironie erzogen, mich, meinen Bruder Fulvio und meine Schwester Bianca. Stets haben unsere Eltern versucht, unsere Gründe zu verstehen und nie die ihren durchzusetzen. Um auf Bettelheim zurückzukommen, sie haben ihn gewiss nie gelesen, aber sie haben ihn sehr gut angewandt.«

EINE ETWAS HEXENHAFTE MUTTER

Und Mama und Papa Fo?

»Er, Felice Fo, Bahnhofsvorsteher und Sozialist, war ein schöner Mann. Groß, imposant, blaue Augen. Die Pina hingegen, meine Mutter, war ziemlich klein, zierlich, unauffällig, jedoch eine Frau mit viel Fantasie und großer Intelligenz. Wenn man sie sah, freute man sich einfach und musste grinsen. Zu ihr hatte ich eine besondere Beziehung. Als kleiner Junge war ich sehr stolz, wenn ich an ihrer Seite ausgehen durfte. Um zu zeigen, wie gut erzogen ich war, und aus Höflichkeit, grüßte ich alle Menschen, denen wir auf der Straße begegneten. Guten Tag hier, guten Tag da … Sie schimpfte: Nicht übertreiben, Dario. Du musst nicht die Leute grüßen, die du nicht kennst. Aber dabei merkte ich, dass sie sich amüsierte. Mich nannte sie ›mein kleiner Dickkopf‹, manchmal ›mein kleiner schöner Dickkopf‹, dann wieder ›mein armer Dickkopf‹. Und in den besten Momenten sagte sie: ›Mein kleiner lieber Dickkopf.‹ Wie ich schon sagte, sie war eine Hexe. Das zeigte sich nicht nur bei ihrer Weissagung wegen des Nobel, dafür gab es noch mehr Beweise. Einmal, als wir noch Kinder waren, hatte mein Bruder Fulvio sehr hohes Fieber, das ihn fast in die andere Welt versetzt hätte, und in der ganzen Gegend war kein Arzt aufzutreiben. Sie wurde plötzlich ganz ruhig und verkündete: Es wird alles gut. Schon bald kommt ein guter Arzt mit dem Motorrad. Das hat mir die Alberica eben gesagt. Mein Vater sah sie an, als wäre sie verrückt geworden. Unsere Großmutter, die Alberica, war schon einige Monate zuvor gestorben, doch bevor er widersprechen konnte, kam tatsächlich ein Arzt. Nicht der übliche, sondern einer auf der Durchreise. Er war zufällig zu Besuch beim Pfarrer, der von unserem Unglück gehört hatte und ihn bis zu unserer Haustür begleitete. Die Pina hatte es gewusst. Ihre Mutter, erzählte sie später, wäre da gewesen und hätte es ihr gesagt.

Ein anderes Mal, während des Krieges, war ich bei den Reservisten und gehörte zu einem Regiment, das nach Deutschland verlegt wurde, um die armen Artilleristen zu ersetzen, die es wie die Pilze abgemäht hatte. Die erste Einheit stand schon am Bahnhof und war bereit, den Zug zu besteigen. Wir sollten gleich danach eintreffen. Auf dem Bahnhof warteten schon die Angehörigen, um uns zu verabschieden. Die Frauen weinten. Natürlich auch Pina. Sie war tränenüberströmt. Plötzlich aber hörte sie auf zu weinen und lachte. Sie lacht und lacht, vor Freude. Die tote Alberica hatte sich wieder gemeldet. ›Nicht weinen, Dummchen. Dein Dickkopf braucht nicht abzureisen.‹ Begeistert teilt sie es den anderen mit: ›Mein Dario verreist nicht, er bleibt hier!‹ Alle schauen sie mitleidig an: ›Arme Frau, hat vor Verzweiflung den Verstand verloren.‹ Da kommt ein Soldat mit einer Augenbinde wegen seiner Verletzung. Er ruft: ›Pina Fo! Wo ist Pina Fo?‹ – ›Das bin ich‹, antwortet sie. ›Dario schickt mich, ich soll Ihnen sagen, dass er nicht wegfahren muss.‹«

Dario, ihr Dario war gerettet. Und heute, viele Jahre später, sitzt er hier und erzählt unerhörte Geschichten über seine

Mutter. Pina lächelt erfreut. Wenn man genau hinschaut, lacht sie sogar zwischen ihren Falten hervor, die mit Kohle gezeichnet sind.

Eine kleine farbige Pastellzeichnung, fast im Taschenformat, eine Arbeit von Jacopo, Francas und Darios Sohn. Sie hängt in einem Eckchen des Salons, zwischen vielen Arbeiten von Fo, die vor Kraft und Farbe strotzen, sodass man die alte Frau in Pastellfarben kaum bemerkt. Man muss sie aus der Nähe betrachten, Geduld haben, um in den Bleistiftstrichen, die mit liebevoller Zartheit die Kurven der Lippen nachzeichnen, das zarte, verschmitzte Lächeln zu erhaschen. Ähnlich dem Lächeln des großen Kindes Dario.

FRANCA FOREVER

Nicht weit weg, eine Wand weiter, wieder ein Porträt. Die Farben sind kräftiger, intensiver, sinnlicher. Abgestimmt auf Franca. Die zweite Frau in Darios Leben. Seine Hälfte in jeder Hinsicht, Nobel eingeschlossen.

»Seit einem halben Jahrhundert leben wir zusammen, mehr aus Liebe … Es war nicht immer leicht, aber die Mühe hat sich gelohnt. Wir sind kein Paar aus dem Lehrbuch, haben viel diskutiert, vielleicht haben wir uns auch ein wenig wehgetan, doch nie konnten wir sein ohne einander. Franca ist ein Teil von mir, ich glaube, ich habe sie gleich geliebt, als ich sie zum ersten Mal sah. Nur ihre Fotografie. Ich war damals ein langer Dürrer, ein Lulatsch, wie man bei uns sagt, wenig älter als zwanzig. Während sie schon eine Diva war, eine Pracht, für die jeder einen Meineid geschworen hätte.«

Wie sind Sie überhaupt an die Mädchen gekommen mit Ihrem Aussehen? So gar nicht wie ein Latin Lover.

»Es ist mir trotzdem immer gelungen. Schön, nein, war ich nie. Das hatte ich sofort begriffen, dass das nicht meine Stärke war. Rein physisch sah ich nicht schlecht aus, hager, groß, breite Schultern, muskulös, kein Gramm Fett. Es war das Gesicht, das mir die Karten versaute: die Nase nicht im Geringsten griechisch, die Augen wie Bälle, hervorstehende Zähne … Trotzdem gefiel ich. Ich war nicht schön, ich war arm, also musste ich anderweitig punkten, um zu gewinnen. Etwas gelang mir schon immer: zum Lachen bringen. So entdeckte ich, dass die Frauen allem widerstehen können, nicht aber demjenigen, der sie zum Lachen bringt. Ich habe es oft ausprobiert. Das Lachen löst die Spannung, und sie entspannt sich … Wenn mir ein Jüngling gesteht, dass er Herzprobleme hat, so schenke ich ihm noch heute einen sicheren Rat: Bring sie zum Lachen, dann sinkt sie dir in die Arme.«

Hat das Rezept auch bei Franca funktioniert?

»O nein, in dem Fall bin ich überrannt worden. Sie war es, die mich zum Lachen brachte! Sie war geistreich, sarkastisch, unvorhersehbar. Ich hatte zu der Zeit, 1951 etwa, gerade angefangen in einer Ferien-Revue mit dem Titel *Sieben Tage Mailand*, die von Franco Parenti geleitet wurde, Theater zu spielen. Im Hause von Freunden war ich ein paar Monate zuvor einer hinreißenden Frau begegnet, die einem den Atem nahm … Gerahmt. Ich konnte den Blick nicht wenden von ihrer Fotografie. Wer ist das? Was macht die? Ich will es wissen, alles und sofort. Sie heißt Franca, ist Soubrette, stammt aus einer alten Familie von Theatermachern und Puppenspielern. Ihr Vater, Domenico Rame, war ein großer Darsteller der Commedia dell'Arte. Außerdem ein großer Sozialist und Priesterfresser, einer, der die Abendkasse an streikende Arbeiter verteilte. Noch linker als er war nur sein Bruder Tommaso, der Intellektuelle der Truppe. Ihm hatte man die Rolle übertragen, die Stücke zu schreiben und zu arrangieren, die man aufführen wollte. Er hätte auch das *Kapital* von Karl Marx dramatisiert, wenn es nicht die Zensur gegeben hätte! Franca hat die Tradition ihrer Sippe weitergeführt. Sie braucht einen Text nur durchzublättern, um zu erkennen, ob er was taugt oder ob er zum Wegschmeißen ist.

Durch sie lernte ich andere Dinge kennen. Sie tanzte, sang, rezitierte. Und sie sah unverschämt gut aus. Distanziert, glänzend. Auf dem Schwarz-Weiß-Foto winkte sie mir unwiderstehlich zu. Meine Augen wurden immer größer und klebten an ihrem Bild. Inzwischen sind fünfzig Jahre vergangen, und ich kann den Blick immer noch nicht von ihr wenden.«

Dario verliebt sich in äußerst dichterischer Weise. In eine, die er nicht kennt. Er »weiß« jedoch in gewisser Hinsicht, dass sie früher oder später »die Seine« werden wird. Um ihr persönlich zu begegnen, brauchte er nicht lange zu warten. Die Welt des Theaters ist klein, und in jenen Jahren kennt jeder jeden. Verkuppelt werden sie durch ein Theaterstück, eben dieses *Sieben Tage Mailand* von Spiller und Carosso im Jahr 1951. Fo und Rame werden beide von der beliebten Theatertruppe Nava-Parenti engagiert und proben, ohne voneinander zu wissen, die gleiche Szene.

»Mein Herz schlug wie wild, als ich vor ihr stand, patapuff und patapaff … Sie schaut mich an und lächelt. Sie weiß, dass ich Architektur studiere und tröstet mich: ›Ein malender Architektur-Schauspieler, das fehlte noch!‹ Ein paar freundliche Worte, nicht mehr. Und schließlich, was hatte ich zu bieten? Einer so großartigen Frau? Franca hatte eine eindrucksvolle Menge Brummfliegen um sich herum, die ihr den Hof machten, sie verwöhnten, sie zum Abendessen einluden mit Autos in Sonderanfertigung. Ich habe nicht mal ein Fahrrad, bin lang und hager und besitze ein schiefes Gebiss; welche Chance sollte ich jemals bei ihr haben? Keinesfalls will ich so enden wie der Wolf im Märchen, der sich dehnt und streckt, um die unerreichbaren Weintrauben zu pflücken. Besser ist es, sage ich mir, an etwas anderes zu denken und mein Herz zu besänftigen. Aber jeden Tag steht sie neben mir auf der Bühne, so selbstsicher und unerreichbar. Ich tue so, als würde ich sie nicht sehen, was nicht einfach ist. Ich versuche alles, ich schaue weg, versuche, sie zu übertreffen. Indem ich so tue, als wäre ich blind, renne ich bei jedem Schritt gegen eine Kulisse oder eine Säule auf der Bühne. Eine gefährliche und vergebliche Methode. Bis sie mir eines Tages in den Kulissen näherkommt, mich gegen eine Wand drückt und mich küsst. Was habe ich empfunden? Ich stand an der Wand, wie angeklebt, wie ein Teil des Bühnenbildes.«

Na, damit war ja wohl alles klar.

»Das dachte ich auch. Oder nein. Ich fürchtete in eine Falle zu tappen wie in der Novelle von Boccaccio, wo jemand einen Entschuldigungskuss für ein Zeichen der Liebe hält und eine Katastrophe auslöst, über die alle nur höhnisch lachen können. Um meinen Traum wieder einzufangen, habe ich deshalb begonnen, ihr den Hof zu machen, wie es sich meiner Ansicht nach gehörte. Zu Fuß. Ja, wir liebten uns zu Fuß, auf den Straßen von Mailand, vom Stadtviertel Garibaldi, wo sie wohnte, bei ihrer Schwester, bis ans Ende der Via Foppa, wo ich wohnte. Spätabends, nach der Vorstellung, begleitete ich sie nach Hause, dann sie mich und dann wieder ich sie … So gaben wir uns fünf oder sechs Mal einen Gutenachtkuss. Bis Franca eines Nachts ausrief: ›Warum setzen wir uns nicht auf die Bank und geben uns alle halbe Stunde einen Kuss?!‹ Es ist wirklich wahr. Wenn man sich liebt, braucht man kein Geld, vor allem, wenn man jung ist. Und es machte mir überhaupt nichts aus, dass sie manchmal auch das Mittagessen in einem Milchladen bezahlte. Schließlich waren wir ständig zusammen. Aber am meisten begeisterte es mich, wenn ich sah, wie sie das Angebot eines motorisierten Anwärters, sie mitzunehmen, zurückwies und hinzufügte: ›Nein, danke, ich muss rasch nach Hause, ich nehme die Straßenbahn.‹«

Auf jeden Fall seid ihr der lebende Beweis dafür, dass sogar Schauspielerehen halten können.

»Kein leichter Beweis und kein schmerzloser. Franca hatte Erfolg in jenen Jahren, sogar der Film wurde auf sie aufmerksam, es regnete Angebote, auch wenn es immer die gleichen Rollen waren: das dumme Gänschen oder die durchtriebene Chansonette. Von Drehort zu Drehort reiste sie ein paar Jahre lang durch ganz Italien. Ich dagegen hatte zusammen mit Giustino Durano[36] ein Engagement bei einer Varietétruppe und war ebenfalls Vagant. Unsere Beziehung litt darunter. Sie wurde auch unterbrochen. Wenn man getrennt ist, merkt man, wie die Beziehung nachlässt. ›Das Gewebe, das die Verliebten aneinanderbindet, verliert seine Farbe in der Tiefe der Vergessenheit‹, sagt Catull. Es war schade, eine so schöne Geschichte drohte auseinanderzufallen.

Zum Glück kehrte sie nach einiger Zeit zum Theater zurück. Am Piccolo[37] standen wir wieder auf der Bühne und spielten *Der Finger im Auge*[38], eine satirische Revue mit Pantomime von Jacques Lecoq, die ich zusammen mit Franco Parenti und Giustino Durano geschrieben hatte. Das erste Mal, dass nach dem Zweiten Weltkrieg in Italien eine Satire aufgeführt wurde. Es war ein unglaublicher Erfolg. Vier Monate ausverkauft, allein in Mailand. Aber es regnete auch die ersten drastischen Schnitte seitens der Zensur. Eines der Ziele war der Schatten Andreottis, den wir auf die Bühne brachten. Man zwang uns, dieses bucklichte Männlein zu entfernen, auch seine popenhafte Stimme! Unsere Truppe bestand aus dreizehn Schauspielern, Pantomimen, Sängern, Tänzern. Wir spielten in ganz Italien. Franca und ich waren immer zusammen. Ein Jahr später waren wir verheiratet. Ich fragte sie in einer Bar auf der Piazza Imperatore Tito nahe der Viale Umbria. Es war Sommer, die Stadt eine Wüste, wir zwei die einzigen Gäste. Mir fiel das Lied von Gino Paoli ein: ›In einer kleinen Konditorei, da saßen wir zwei …‹ Ich musste auf Tournee. Schon wieder eine Trennung, ich wollte sie nicht noch einmal verlieren. ›Franca, wollen wir heiraten?‹ Sie schaut mich an, fängt an zu weinen. Der Kellner, ein Aufdringling, der den Kaffee brachte, mischt sich ein: ›Nehmen Sie es nicht so schwer, Frollein. Alles wird gut. Hinterher verträgt man sich wieder.‹ Die Hochzeit mit allen Schikanen. Um ihre Mutter nicht zu kränken, entschieden wir uns für eine kirchliche Trauung. Sie war praktizierende Katholikin und schwer geprüft wegen der Ziviltrauung ihrer anderen Tochter Pia mit Carlo Mezzadri[39]. Aber nicht in irgendeiner Kirche! Da wir schon mal dabei waren, nahmen wir Sant'Ambrogio[40]. Ich im dunklen Anzug, sie in Weiß, großer Hut. Viele Blumen, viele Verwandte und Freunde. Lehrer und ehemalige Schüler der Brera[41] und der Welt der Bühne natürlich. Sogar der Priester war nicht irgendwer, sondern kein Geringerer als der Bischof der Basilika. Er war sehr sympathisch, ein großer Liebhaber des

Theaters. Ich glaube, er verheiratete uns gerne, auch wenn *Der Finger im Auge* wegen seiner satirischen Art bei den Katholiken nicht besonders angesehen war. An manchen Kirchentüren hingen sogar Zettel mit unseren Namen, auf denen die Gläubigen davor gewarnt wurden, sich das Stück anzusehen. Aber der Bischof von Sant'Ambrogio ließ sich nichts anmerken. Ich hatte in einem Anfall von Ehrlichkeit versucht, die Sache klarzustellen. ›Vater‹, sagte ich zu ihm, ›wir wollen uns von Ihnen trauen lassen, aber geben Sie acht, ich bin Atheist.‹ – ›Mach dir keine Sorgen‹, antwortete er. ›Der eine redet auf Schritt und Tritt über Gott und begegnet ihm nie, und der andere redet nie darüber, und eines Tages trifft er ihn vielleicht wirklich.‹«

SCHABERNACK MIT HEILIGEN

Ein paar Begegnungen, vielleicht am Rande und ein wenig im Geheimen, mag es zwischen ihm und dem Göttlichen tatsächlich gegeben haben. Um mit den Heiligen seinen Schabernack zu treiben, sich über Päpste, Priester und die herrschende, triumphierende, leuchtende Kirche lustig zu machen, ihre vergangenen und gegenwärtigen Missetaten seit den Zeiten der Inquisition bis zum Schwangerschaftsabbruch zu kritisieren, hat Fo dem Thema breiten Raum gewidmet. Aus historischer und kultureller Neugier natürlich. Aber vielleicht nicht nur. Ein häufiger Besucher der anerkannten und apokryphen Evangelien, Leser der Bibel und der heiligen Schriften, interessiert an der Überlieferung religiöser Gesänge … Vor allem eine große Leidenschaft für die religiöse Kunst. Einer, der mit weltlichen Augen, unvoreingenommen, doch niemals respektlos über

Meisterwerke redet: Seine kühne Interpretation des Abendmahls von Leonardo (am 27. Mai 1999 im Hof der Brera) und der glänzende Vortrag über die Bilder Caravaggios, die in der Engelsburg ausgestellt waren (26. und 27. Dezember 2003 im Sinopolis-Saal des Auditoriums von Rom), der ihm einen begeisterten Aufsatz des Film- und Theaterkritikers Pater Virgilio Fantuzzi eintrug. In der Zeitschrift der Jesuiten *Civiltà Cattolica* findet Fantuzzi bewundernde Worte für die gegenläufigen Interpretationen Fos, die der Wissenschaftler als »neu und überraschend« bezeichnet. Auch sein Aktionsvortrag (am 18., 19. und 20. Juli 2004) auf dem Domplatz von Modena bleibt in Erinnerung. Eines der Meisterwerke der Romanik, das die UNESCO zum Weltkulturerbe erklärt hat. Er hat daraus ein Buch gemacht, *Der Tempel der freien Bürger*. »Eine wunderbare Wildnis aus Statuen, Kapitellen, heiligen und profanen Ungeheuern«, erklärt Fo, »nicht im Auftrag von Päpsten und Kaisern geformt, sondern durch den gemeinsamen Willen der Bürger einer Stadt, von den Patriziern bis zu den einfachen Leuten. Ihren künstlerischen Delegierten übertrugen sie die Aufgabe, nicht nur die großen Architekten und Steinmetze auszuwählen, sondern ihnen auch die Themen und Gegenstände vorzuschreiben, die in Basreliefs und Kapitelle zu übertragen waren. So sehen wir an der Fassade der Kathedrale und den tragenden Arkaden der gesamten Kirche auch apokryphe Figuren und Erzählungen der Bibel, die zuvor nie dargestellt wurden. Ein deutlicher Ausdruck einer neuen und authentischen Kultur. Dank der schöpferischen Kraft derer, die man stets als einfach und unwissend bezeichnet hatte.«

Ausgerechnet die Parias der offiziellen Kultur errichteten dieses Wunderwerk aus Marmor, dieses unglaubliche Buch aus Stein, in dem sich die Bewusstwerdung einer ganzen

Gesellschaft ausdrückt. Ein von unten, vom Kollektiv geschaffenes Kunstwerk. Genau wie Darios historische, theatergeschichtliche und anthropologische Recherche. Die stets in jener Grauzone der Geschichte wühlt, die von den offiziellen Texten übergangen, von den Mächtigen sorgsam versteckt gehalten wird. Ein unterdrückter Schatz von Volksgesängen, Invektiven der Spielleute, herrlichen Fresken, verblüffenden Kathedralen. Jede Schrift, jedes Bild von Händen geschaffen, die anonym bleiben sollten. Meisterwerke, die für jeden sichtbar waren, hörbar, genießbar, die jedoch nicht alle lesen, sehen und hören wollten und konnten. Fo wusste die geheimen Codes zu öffnen, und er verwendete dazu den gleichen Schlüssel wie jene alten, namenlosen Handwerker-Künstler, um Wort und Bild, Bedeutetes und Bedeutendes mit genialen Tricks zu vereinen. Wie die Bänkelsänger von einst erzählt und malt der heutige Spielmann und Handwerker Fo, illustriert und glossiert er, in höchst origineller, zugleich hoher und niederer Sprache. Einfach wie in den Volksmärchen, tiefschürfend und kultiviert wie in einem historischen Traktat. Erstaunlich verständlich für jedermann.

PINELLI, EIN ANARCHIST IN CHINA

»Das Theater, so verstanden, war ein hervorragendes Übungsfeld. Theaterspielen bedeutet vor allen Dingen, dass man kommunizieren kann, dass das, was man sagt, bei denjenigen ankommt, die vor einem sitzen. Ohne dass dir einer entwischt, ohne dass einer unaufmerksam wird. Das sollte die Schule in erster Linie vermitteln, obwohl sie es meistens nicht tut. Um aber diesen Kontakt zum Publikum aufzubauen, muss man wissen, wie man seine Neugier und seine Komplizenschaft weckt, man muss seine Einbildungskraft anregen, und dem Zuschauer erlauben, sich einzuklicken, ihn dazu bringen, mitzumachen und das Stück gemeinsam zu vollenden. Ein guter Schauspieler und ein guter Lehrer haben vieles gemein. Keiner darf auf der Kanzel stehen und vorgeben, die Wahrheit zu wissen. Das Pontifizieren wollen wir den Päpsten überlassen. Es ist stattdessen viel vergnüglicher und wirkungsvoller, die eigenen Behauptungen zur Diskussion zu stellen. Wenn ein Schauspieler oder ein Lehrer den Eindruck erwecken, absolute, unverrückbare Wahrheiten zu verkünden, kauen die Zuschauer auf Stroh. Damit eine These angenommen wird, muss sie gemeinsam überprüft, vielleicht auch modifiziert werden. Dann wird das Spiel wirklich interessant. In meiner Arbeit habe ich immer diese Prinzipien angewandt, vor allem den Grundsatz, eine Komödie nie als abgeschlossen zu bezeichnen, sondern sie offen zu konzipieren – geöffnet für ständige Veränderungen, Abend für Abend, je nachdem, was die Tagesnachrichten lieferten und was das Parkett, das vor einem saß, verlangte. Das Stück war auf diese Weise immer neu und immer anders. Ich langweilte mich nicht, und das Publikum langweilte sich nicht. Und auch heute noch weiß jeder, der unsere Texte in einem beliebigen Erdteil aufführt, dass er es mit geschmeidigem Material zu tun hat, das dem Ort und den Umständen angepasst werden kann. Die Geschichte des Anarchisten Pinelli, die in China aufgeführt wurde, hat in Schanghai oder in Peking sicher nicht dieselbe Bedeutung wie bei uns, vor allem nicht als tägliche Nachricht. Wenn der Interpret den Text jedoch zu gebrauchen versteht und im Sinne seiner eigenen Realität umschmiedet, dann wird es ihm gelingen, Bezüge herzustellen, die, trotz der Entfernung, Abscheu, Nachdenken und Gelächter erzeugen.«

Dem kann man schwerlich widersprechen. Fos Texte halten schon immer die Bank in aller Welt, von China über Japan, nach Südamerika, Südafrika, von Island bis in die Türkei. Sogar in den Vereinigten Staaten. Wo es dem »roten Paar« des italienischen Theaters allerdings schwer gemacht wurde, aufzutreten.

GENOSSE REAGAN UND DIE SCHLAGBÄUME DER SOWJETUNION

»1980 wurden Franca und ich eingeladen, beim Festival des italienischen Theaters in New York zwei unserer Stücke aufzuführen, *Mistero buffo* und *Nur Kinder, Küche, Kirche*. Man benötigte damals ein Visum vom amerikanischen Konsulat, um sicherzugehen, dass du kein Gangster warst oder Kommunist. Ein Brandzeichen, das man in unserem Fall nicht gut abstreiten konnte. Was uns in erster Linie unerwünscht machte, war Francas politische Tätigkeit als Gründerin der Roten Hilfe. Eine Farbe, deren Verbot sich im liberalen Amerika nach Ansicht des US-Außenministeriums von selbst verstand. Also kein Visum, keine Reise. Auf der anderen Seite des Ozeans waren nicht alle damit einverstanden. Als die Nachricht bekannt wurde, engagierte sich eine starke Gruppe amerikanischer Künstler, Intellektueller und Freunde und organisierte eine szenische Demonstration gegen die Maßnahme, die sie in die dunklen Zeiten des Senators McCarthy[42] zurückgeworfen hätte. Es beteiligten sich unter anderen Arthur Miller, Martin Scorsese, Ellen Stewart, Sol Yurick, Norman Mailer … Künstler und Intellektuelle, die die Öffentlichkeit nicht scheuen. Im Town Hall Theatre von New

York inszenieren sie eine Veranstaltung unter dem Titel: ›Ein Abend ohne Dario Fo und Franca Rame‹.

Doch das Verbot bleibt in Kraft. Und wir bleiben zu Hause. Drei Jahre später, im Jahr 1983, werden wir abermals eingeladen. Diesmal von Joseph Papp ans Public Theatre in New York. Neuerlicher Antrag, wieder wird das Visum abgelehnt. Wir waren immer noch Kommunisten. Erst 1984 erhalten wir dank des neuen Präsidenten Ronald Reagan das heiß ersehnte Visum. Vielleicht ließ er sich von einem gewissen Sinn für die Solidarität unter Schauspielern leiten. Die Erlaubnis gilt nur für sechs Tage und enthält die Auflage, sich nicht aus New York zu entfernen. Egal. Es ist trotzdem ein Sieg. Am Broadway soll *Zufälliger Tod eines Anarchisten* aufgeführt werden. Die Pressekonferenz findet in einem der größten Theater statt, im Shubert Theatre. Beim Betreten der Bühne werden wir von einem Blitzlichtgewitter empfangen, das einen blind macht. Nie im Leben habe ich so viele Fotografen und Fernsehkameras gesehen. Alles scheint vorbereitet für einen großen, triumphalen Erfolg. Es sollte anders kommen …

Der Theateragent Alexander Cohen hatte die Inszenierung in London gesehen. Dort stand das Stück vier Jahre lang auf dem Programm, auch im Sommer. Man war begeistert und hatte die Aufführungsrechte gekauft, doch leider hatte man sich dafür entschieden, das Stück dem unterschiedlichen kulturellen Geschmack des New Yorker Publikums anzupassen. Der Text wurde mit Gags versetzt, mit Einfällen, Phrasen aus Filmkomödien, entdramatisiert. Die Figuren waren Karikaturen, um die Tragik des Mordes, der als Unfall ausgegeben wird, zu versüßen. Der Kritiker der *New York Times* kommentierte: ›Letztes Jahr sah ich in London die Inszenierung desselben Stückes, das gestern am Broadway Premiere hatte. Es ist unglaublich, mit welcher Leichtigkeit es gelungen ist, einen Text zu zerstören, der sonst ein sicherer Erfolg ist.‹ Damit war das Desaster besiegelt. Man weiß, dass die *New York Times* über Erfolg und Misserfolg jeder Inszenierung entscheidet. Nach nur einem Monat wurde das Stück aus dem Programm genommen.

Im folgenden Jahr kehrte ich mit Franca nach New York zurück. Und diesmal spielten wir selber. Sie *Nur Kinder, Küche, Kirche* und ich *Mistero buffo*. Vor dem Theater standen die Leute und hielten aufgrund irgendwelcher Gerüchte Schilder in den Händen: ›Kaufe Eintrittskarte.‹«

Diesmal ist jeden Abend alles ausverkauft. Amerika feiert Fo und Rame. Der Triumph in New York ermöglicht eine Tournee, die sie nicht nur in die Theater von Boston und Washington führt, sondern auch an Universitäten und Colleges, nach Harvard, Cambridge[43], Yale, Wheaton. Sie werden zu Workshops eingeladen, Spielvorlesungen, Studioauftritte. Das Eis der McCarthy-Ära war gebrochen.

Wenn es aber für die Eheleute Fo nicht einfach war, nach Amerika zu gelangen, so war es auch nicht möglich, den anderen Vorhang ohne Traumata und Verletzungen zu durchbrechen, den Eisernen im Osten, den sowjetischen.

»Wir wurden in allen osteuropäischen Ländern aufgeführt, in Polen, Rumänien, Ungarn und Ostdeutschland. Am Berliner Ensemble und am Deutschen Theater standen *Zufälliger Tod eines Anarchisten* und *Bezahlt wird nicht!* acht Jahre lang auf dem Programmzettel. Doch auf den Bühnen der Sowjetunion waren unsere Komödien bis zum Fall der Mauer im Jahr 1989 niemals angekommen. Dort mochte es angehen, dass wir Kommunisten waren, aber man musste es auf ihre Weise sein. Wenn jemand eines unserer Stücke vorschlug, griff die Zensur ein, und die Überarbeitungen, die von den Theatern erwartet wurden, waren so zahlreich und von einer solchen Art, dass es unmöglich war, sie aufzuführen. Wie schon gesagt, bin ich bestimmt kein Anhänger der Unberührbarkeit meiner Texte. Grundsätzlich habe ich mich nie über Schnitte und Verunreinigungen der Texte aufgeregt. Einige waren sogar schön und intelligent. In der Sowjetunion war jedoch der Eifer, mit dem jede politische Anspielung gestrichen und verändert wurde, so groß, dass von der Geschichte fast nichts übrig blieb. Ein Bearbeiter war so verzweifelt, dass er das, was von zwei oder drei Komödien übrig blieb, verrührte, in der Hoffnung, wenigstens eine daraus zu machen. Ergebnis: ein unglaublicher Mischmasch. Das Absurde war, dass meine Satiren bei uns dazu dienten, die Schurkenstücke des Kapitalismus anzuklagen. Für die sowjetische Bürokratie waren sie offensichtlich aber genauso geeignet, sich perfekt auf die Situation ihres realen Sozialismus zu beziehen. Zufällig erfuhren wir von einer halb illegalen Aufführung des Staatstheaters in Minsk, wo *Erzengel flippern nicht*[44] inszeniert werden sollte. Nach anderen Gerüchten gab es zur gleichen Zeit Versuche mit *Siebtens: Stiehl ein bisschen weniger* und *Die Frau zum Wegschmeißen*[45]. Es hieß, all diese Inszenierungen hätten trotz alledem Erfolg gehabt. Seit Majakowski und Meyerhold war die Tradition des satirischen Theaters in Russland immer lebendig. Was aber von unseren Texten erhalten blieb …«

ROLLENBÜCHER, SZENARIEN, ZEICHNUNGEN

So viele Tourneen, so viele Abenteuer, so viele Schauspieltruppen. Erweiterte, prekäre, provisorische Familien. Wie jemand in François Truffauts hinreißendem Film *Die amerikanische Nacht* zu Valentina Cortese sagt: »Beim Film arbeitet man zusammen, man lebt zusammen, man trifft sich und man trennt sich.« Und beim Theater?

»Na ja, um ehrlich zu sein, ich liebe die Schauspieler, aber ich hatte wenig mit ihnen zu tun. Sicher, zu einigen hatte ich gute Beziehungen. Mit Tognazzi[46] zum Beispiel, eine sehr menschliche und ironische Gestalt. Auch Buazzelli[47] gefiel mir. Und Troisi[48], ein großer Poet. Von den Heutigen schaue ich mir immer Benigni mit Freude an, Grillo, Paolo Rossi ... Aber Franca und mich hat dieses in unserer Welt übliche Zusammenhocken, dass man sich nach der Aufführung an einen Tisch setzt und alle reden übers Theater, über die Kollegen, diese Garderobengerüchte, immer belastet. Das mag vorkommen und es ist vorgekommen. Aber nicht als ständiger und übertriebener Ritus. Ich habe neben dem Theater stets viele andere Interessen gehabt. Wenn ich auf Tournee bin und in eine Stadt komme, gehe ich lieber spazieren, schaue mir die Museen an, Ausstellungen, Denkmäler. Wann immer möglich, sobald ich einen Abend frei habe, besuche ich die Aufführungen der anderen. Das war meine Schule. Ins Theater gehen, mich umschauen, stehlen ... Vielleicht im Hintergrund stehend. Eine Angewohnheit seit meiner Jugend. Ich glaube, mein

Rücken hat schon an sämtlichen Säulen sämtlicher italienischer Theater gelehnt …«

Das Piccolo natürlich vor allem. Auch wenn die Beziehung zu Giorgio Strehler[49] nicht immer einfach war. Der heftige Charakter, die Wutausbrüche des Meisters waren allgemein bekannt …

»O weh … Wenn es diesen genialen, humorvollen, fantasiebegabten Theatermann doch noch gäbe … Strehler und ich, das kann ich sagen, haben uns letzten Endes immer verstanden. Er liebte unsere Arbeit seit den Zeiten von *Der Finger im Auge*[50]. Er hat das Stück wohl zehn Mal gesehen, er kam sogar heimlich zu den Proben. Wir hatten in dieses Stück alles gelegt, den revolutionären Geist Tollers, den Expressionismus, die groteske Satire der Franzosen … Strehler war so begeistert, dass er selbst die Beleuchtung machte, uns die Bühnenbildner des Piccolo überließ, nicht nur das Theater. Wo wir, wie ich erwähnt habe, vier volle Monate zu Gast waren, von Mai bis September. Ein Rekord. Giorgio war immer sehr großzügig zu uns. Im Laufe der Zeit hat die Beziehung ein bisschen gelitten, aber wenn wir uns trafen, hat die alte Freundschaft stets neue Blüten getragen. Er nannte mich ›vecchio‹, womit man in Triest wahre Freunde bezeichnet. Und unter wahren Freunden diskutiert man oft sehr lebhaft. Aber die Hochachtung und das Gefühl sind deshalb nicht geringer geworden. Ich habe ihm immer gesagt, was ich dachte. Er war keinen Widerspruch gewöhnt und regte sich auf. Soll ich dich anbeten wie die anderen alle, sagte ich, und reizte ihn damit noch mehr. Am Ende schlug er mir ein paar Mal kräftig auf die Schulter. Ich habe viel von ihm gelernt. Seine Inszenierungen waren der beste Unterricht, den ich hatte. Durch Strehler habe ich gelernt, wie wichtig es ist, der Sprache auf den Grund zu gehen, in den Worten zu graben, um alle Bedeutungen, auch die verborgensten, herauszuholen. Eine für mich sehr nützliche Übung, da ich in anderer Weise zu arbeiten gewohnt bin, nämlich anhand von Stegreifvorlagen, die jeden Abend entsprechend der Tagesereignisse und der Stimmungen im Parkett umgeschrieben werden. Ja, ich bin dem Unterricht durch Strehler zu Dank verpflichtet, aber auch Paolo Grassi[51], der anderen Hälfte des Piccolo. Diesen beiden ist es zu danken, wenn das Theater zum wichtigsten Motor der italienischen Kultur der Nachkriegszeit wurde. Der Ort, wo die neuesten und interessantesten Autoren der europäischen Szene einen Spielraum erhielten, von Brecht über Camus zu Sartre.«

Wer waren die Protagonisten der Theaterszene in jenen Jahren?

»Strehler, Squarzina[52], Missiroli[53], Trionfo[54] waren die Erfinder der famosen Stabili[55], die geschaffen wurden, um das Konzept der traditionellen Bühne umzustürzen. Sie waren die Schmiede überraschender, provozierender, genialer Ereignisse. Theaterleute, die wussten, wie man die Art des Theatermachens und des Theaterbesuchs erneuert und sich zum Text und zum Publikum verhält.«

Vorhin erinnerten Sie an ein anderes großes künstlerisches Erbe, die Rollenbücher der Familie Rame. Theaterleute und Puppenspieler der Sprache des Volkstheaters mit langer Tradition.

»Auch sie Meister der Bühnenkunst, jedoch des Stegreiftheaters[56]. Ich habe einige ihrer Farcen auf meine Weise übernommen und nach den Kriterien des absurden Theaters entsprechend den Lehren von Jarry, Ionesco und Beckett bearbeitet. Auch nach den Maßgaben des Boulevards von Feydeau und Labiche. Aber das geht noch weiter. Die Untersuchung der Entwürfe zu ihren Aufführungen ergab lehrreiche und wertvolle ›mascheroni‹. Das sind praktische dramaturgische Passagen, die man situativ anwendet. Wertvolle Hilfen für denjenigen, der improvisieren muss. Erprobte Redewendungen, die man hier und da im Dialog unterbringen kann. Zum Beispiel: ›Ich bin zu rasch gealtert. Ich hatte keine Zeit, die leichtfertigen Idiotien der Jugend zu genießen.‹ Man stößt bei Ruzzante, Shakespeare, sogar bei Goethe immer wieder auf diese Elemente in abgewandelter Form. Der Satz Baudelaires, ›Ob du auch klug bist, schert mich nicht! Sei schön! Sei traurig!‹, eignet sich immer für die Beendigung einer Liebesszene. So wie man eine feministische Geschichte mit sicherem Effekt unterfuttert, wenn man vehement bekräftigt: ›Eine Frau denkt auch, wenn sie nicht redet.‹ Die ›mascheroni‹ ähneln, um einen Vergleich zu bemühen, bestimmten Stereotypen in der Oper. Hinweise für einen Sänger oder das ganze Ensemble, die auf bestimmte Wendungen der Bühnenerzählung verweisen oder dazu auffordern, zum Schluss zu kommen … Berufsgeheimnisse des Stegreiftheaters, die ich mir angeeignet und die ich in ›tormentoni‹[57] verwandelt habe, die in meinen Texten vorkommen.«

Haben sie noch mehr »Diebstähle« zu beichten?

»Aber hallo! Alle Komödienschreiber sind Diebe, wir stehlen überall, im Leben und auf der Bühne. Aber da man, wie mein Freund Jannacci sagt, ›den ersten Diebstahl nie vergisst‹, werde ich den Schatz, den ich den Erzählern meiner Heimat entwendet habe, niemals vergessen. Diesen genialen Anregern der schwierigen Kunst des Erzählens. Von ihnen habe ich einige Grundregeln gelernt. Dass man immer überraschend anfangen muss, von der Seite her, wie einer, der im Vorübergehen reinschaut. Und dann ohne Leine loslegen, in einem Höchstmaß an ›déséquilibre‹ das Gleichgewicht finden, in der systematischen Instabilität. Und natürlich muss man die Situation nutzen, das ist der Dreh- und Angelpunkt allen Erzählens, aber auch der dramatischen Schrift. Die Situation ist das Element, das der Geschichte Gewicht und Form gibt. Zum Beispiel in *Romeo und Julia* ist die ›Situation‹ die Liebe zwischen den Abkömmlingen zweier verfeindeter Familien. Aus dieser Idee ergibt sich der ganze Rest, in ihrer verrückten Liebe ist schon alles enthalten: die Leidenschaft, die Gewalt, die Tragödie. Für die Erlebnisse des Zanni hingegen ist es der verheerende Hunger, der ihn verrückt macht, der ihn in kannibalischen Wahnsinn treibt, sodass er davon träumt, seine eigenen Därme zu fressen. Manchmal wird der politische Kontrapunkt zur ›Situation‹. In manchen Fällen ist er sogar der ›Fall‹. Unser Theater hat stets mit vollen Händen aus den Tagesereignissen geschöpft. Oft sind wir bis zu den primären Quellen gegangen, zu den Polizeiprotokollen, den staatsanwaltlichen Berichten, den Gerichtsurteilen. Das Rohmaterial. Um es in ein Theaterstück zu transformieren, muss man es mit den Mitteln des Paradoxen scharfmachen. Als ich den Plan hatte, den Fall Pinelli auf die Bühne zu bringen, habe ich mich tagelang mit der Schlüsselfrage gequält: Was ist die Situation? Bis ich eines Morgens im Frühling am menschenleeren Strand von Cesenatico spazieren ging, wo wir unsere Ferien verbringen und wo ich hoffte, mich fernab der Verpflichtungen und Ablenkungen zu konzentrieren, und da kam mir plötzlich ein merkwürdiger Mensch entgegen. Etwas übererregt und mit dem dringenden Wunsch, einen anzuquatschen. Er erzählt mir, dass er erst kürzlich aus der psychiatrischen Anstalt entlassen worden sei. O Gott, denke ich, da komme ich her, um den Nervensägen zu entfliehen, und dann läuft mir ausgerechnet ein Verrückter über den Weg. Noch dazu einer, der sich nicht abwimmeln lässt. Er zwingt mich, seine Geschichte anzuhören. Er war in der Heilanstalt in Forlì gelandet, weil er eine seltsame Angewohnheit hatte: die Leidenschaft zum Rollenspiel. Zum Beispiel verkleidete er sich als Priester. Er gab sich als Assistent des Bischofs aus, klopfte an die Türen und bat um Spenden für die Kirche. Er war so überzeugend in der Rolle, dass die Leute ihm vertrauten und mit ihm beteten. Es fehlte nicht viel, und er hätte die Messe gelesen. Er spielte auch andere Rollen. Mal verkleidete er sich als Rechtsanwalt, mal als Arzt … Aber er tat es nicht des Geldes wegen, er war kein Betrüger. Er wollte das Gefühl ausleben, unterschiedliche Rollen zu geben. Den Pfarrer, den Richter, den Doktor … Während er sprach, hatte ich eine Erleuchtung: Das ist der Schlüssel zu meiner Komödie *Zufälliger Tod eines Anarchisten*. Die Hauptfigur stand vor mir. Er war es.«

Ein Verrückter als Erzähler einer der dunkelsten dramatischen Episoden der letzten fünfzig Jahre. Die Idee könnte wirklich von einem Verrückten stammen …

»Das Leben spielt uns schlimmere Scherze … Ich sagte mir, stell dir vor, dass dieser Dummkopf aus einem der vielen nichtigen, alltäglichen Gründe, wegen derer einer, der nicht ganz richtig ist im Kopf, von der Polizei festgenommen wird und im Polizeipräsidium landet … Stell dir vor, im selben Zimmer, wo Pinelli verhört worden ist … Die Polizisten lassen ihn da sitzen und denken sich nichts dabei, da sie wissen, dass er nicht ganz dicht ist. Aber er, der Verrückte, wirft einen Blick auf einen Stapel

Papier. Das Verhör des Eisenbahners, der angeblich aus dem Fenster sprang. So kann dieser arme Teufel, als er selber verhört wird, als Zeuge wider Willen, den Fenstersturz auf seine eigene Weise rekonstruieren, indem er gleichzeitig die wirklichen Argumente, Zusammenhänge und Begriffe benutzt. Das alles dient dazu, das verrückte Verhalten der Polizei vor Augen zu führen und zu zeigen, dass die Polizei sich jenseits jeder ›gesunden‹ Logik bewegt. Denn die Groteske wirkt wie eine wunderbare Vergrößerungslinse. Sobald Polizisten oder Politiker im Spiel sind, ist der Verrückte immer ein geeigneter Jolly. In jeder Jahreszeit. Ich könnte ihn auch jetzt wieder im großen Stil ausspielen: ein Verrückter, der von sich behauptet, er wäre Berlusconi … ein paranoider Betrüger, der in Silvios Leben ein und aus geht. Aber das ist eine andere Geschichte. Irgendwann werde ich sie schreiben.«

Wer weiß, ob es den Cavaliere[58] dann noch gibt …

»Ich bin nicht rachsüchtig und fühle mich auch nicht zum Richter berufen. Ich wünsche ihm nichts Böses, aber ich meine, er sollte das natürliche Schicksal derjenigen erleiden, die von der absoluten Macht gekostet haben. Einer, der so lange von allen umschmeichelt worden ist und erlebt hat, wie alle vor ihm niedergekniet sind, der sich mit käuflichen Intellektuellen umgeben hat, um sein Loblied singen zu lassen, der glaubt, er habe die ganze Welt eingewickelt, wenn dessen Macht schwindet und ihm nur noch das Geld bleibt, der erlebt, glaube ich, am Ende eine schreckliche Überraschung. Je größer die Niederlage ist, desto größer wird seine Einsamkeit. Und vielleicht wird auch er, der sich so gern mit Napoleon vergleicht, auf einer Insel enden. Vielleicht nicht St. Helena, sondern auf den komfortablen Bahamas. Das sagt er selber, wenn er jemand runterputzen will: Gib acht, sonst trete ich zurück und verschwinde auf die Bahamas. In Unterhosen rennt er weg mit seinen Getreuen. Die immer kurzatmiger, immer schlechter mitkommen, bis er sich eines Tages alleine weiterschleppen muss in seinen Unterhosen. Ubu, klein, allein und am Ende. Eine Fortsetzung des Stückes *Ubu Bas*, das ich ihm schon gewidmet habe. Ich hätte Lust, es zu schreiben. Schade nur, dass auch ich zu alt dafür sein werde.«

Ein Problem Ihrer Art zu schreiben besteht wirklich darin, dass Sie auf impertinente Weise von den Tagesnachrichten verfolgt werden, also ständig auf die Fakten reagieren müssen.

»Aber ja. Das Leben schreibt mir auf Schritt und Tritt das Rollenbuch um. Von einem Augenblick auf den nächsten nimmt es mir die Hauptfiguren weg! Zur Zeit der Affäre Pinelli zum Beispiel sah mein Text eines Abends den Kommissar Calabresi vor, und am Abend darauf hatte man ihn umgebracht[59]. Er hatte nicht einmal eine Leibwache …! Also los, alles umschreiben. In höchster Eile schrieb ich *Klopf, klopf! Wer da? Die Polizei!*[60], ein Stück, in dem spekuliert wird, dass einer der unkontrollierbaren Geheimdienste, die nie aus der Mode kommen, ihn umgebracht hat. Den Prozess gegen Lotta continua[61] wegen Calabresi erlebten wir dann in Realzeit in der Halle in der Via Colletta[62]: Jeden Mittag gegen vierzehn Uhr kamen die Verteidiger zu uns. Sie hatten das belegte Brötchen noch im Mund und brachten die allerneusten Nachrichten aus dem Verfahren. Weitere wichtige Nachrichten bekamen wir durch Franca, die wegen ihrer Arbeit für die Rote Hilfe in die Gefängnisse kam und mit den armen Teufeln sprechen konnte, die massenhaft eingesperrt waren. Kurz, eine Menge Nachrichten aus erster Hand, die wir sofort in lebendiges Theater verwandeln konnten. Die wir in den Text einfügen konnten, um ihn zu modifizieren und umzuformen, wie es nützlich erschien. Dadurch ergab sich die Paradoxie, dass manche Journalisten zu uns ins Theater kamen, um auf den neuesten Stand gebracht zu werden, was morgens im Gerichtssaal passiert war, weil es abends auf der Bühne gespielt wurde.«

Viele Jahre später haben Sie sich ein drittes Mal mit dieser unendlichen Geschichte befasst. Wiederum auf den Spuren der Tagesnachrichten und aus Empörung über die lange Haftstrafe für Sofri. Ein juristischer und inhumaner Kreuzweg, den Sie 1998 mit dem Stück *Marino libero! Marino è innocente!*[63] angeklagt haben.

»Ich hatte die Protokolle gelesen, mit Journalisten und Zeugen geredet, mit Ballistikexperten gesprochen, Stadtpläne vergrößert, die verschiedenen Fluchtwege und Fluchtzeiten überprüft. Sogar einen Autodieb hatte ich ausgefragt, um Marinos Version zu verifizieren, wie er das Auto gestohlen hätte, das für den Hinterhalt benutzt wurde. Der Autodieb, ein echter Fachmann, versicherte mir, dass Marinos Geschichte nicht stimmen konnte. Marinos Aussage zeigte klipp und klar, dass er nicht einmal wusste, wie man ein Auto aufbricht. Er wusste auch nicht, wie man die Kabel verbindet, um den Motor anzulassen. Die Hauptangeklagten, Sofri, Bompressi, Pietrostefani, brachten wir auf die Bühne, indem wir ihren Schattenriss aus Holz sägten. Ihren ehemaligen Genossen, der sie beschuldigte, Calabresi getötet zu haben, stellten wir als lebensgroße Puppe mit Schnurrbart und langen Haaren dar. Auch das Drehbuch war auf der Bühne, mehr als zweihundert Bildtafeln von meiner Hand gemalt, sehr farbenfroh, um Bild für Bild das Gewirr der Lügen und Hintertücken dieser Gerichtsfarce zu rekonstruieren.«

Das Zeichnen ist für Sie eine andere Art des Schreibens.

»Die Zeichnung hat mir immer beim Denken geholfen, die Probleme der Handlung zu lösen. Die Gedanken nicht nur durch Worte, sondern auch durch Bilder auf den Punkt zu bringen, ist eine wunderbare Methode. Künstler wie Leonardo wussten das bereits. Seine anatomischen und wissenschaftlichen Zeichnungen, seine Entwürfe zu wunderbaren Maschinen, erzählen und erklären mehr als eine gelehrte Abhandlung. Leonardo sagte nicht: Ich bin ein Genie, ein Literat, ein Künstler. Er sagte: Ich bin ein Ingenieur. Das geschah nicht aus falscher Bescheidenheit. Er sagte es, weil sein Zeichenstift und sein Pinsel immer und in erster Linie die Wirklichkeit zu erfassen versuchten. Er war ein Konstrukteur der Malerei, der die Fähigkeit besaß, die Erzählung in seine Bilder einzubringen, um der Wahrheit auf die Sprünge zu verhelfen. Denn die Kunst ist, wie das Theater, nie ein Selbstzweck, sondern immer nur ein Mittel. Ein großartiges Sprungtuch, um etwas anderes zu erreichen: die Wissenschaft, das Wissen, die Wahrheit. In meinem ganzen Leben habe ich nie etwas geschrieben, um die Leute nur zu unterhalten. Durch meine Texte zieht sich stets der Riss, der Gewissheiten in die Krise stürzt, Meinungen mit einem Fragezeichen versieht, Empörung weckt, die Köpfe öffnet. Der Rest, die Schönheit um der Schönheit willen, das L'art pour l'art, interessiert mich nicht.«

DIE TOTEN ZUM LEBEN ERWECKEN

Leonardo ist Ihre große Liebe. Ihm und Caravaggio haben Sie zwei große Bühnenvorträge gewidmet. Der dritte Auftritt galt anlässlich einer großen Ausstellung in Mantua (Juli 2006) dem Maler Andrea Mantegna, den sie sogar als »Meister der Meister« bezeichnet haben.

»Ein unglaublicher Künstler, dessen Neuerungen weit über dem stehen, was man im Allgemeinen weiß. Einer, der die farbliche Feinfühligkeit der Venezianer mit der machtvollen Räumlichkeit der toskanischen Schule zu verbinden wusste. Seine Studien zur Perspektive erreichen meisterliche Höhen, die fast schon illusionistisch sind. Gelernt hat er von den ganz Großen, von Paolo Uccello, Donatello, Leon Battista Alberti, Piero della Francesca, bis hin zu Giovanni Bellini, mit dessen Schwester er verheiratet war. Umgekehrt sind die Lehren Mantegnas entscheidend für die Entwicklung nachfolgender Genies der Kunstgeschichte gewesen, allen voran Leonardo. Was jedoch am stärksten überrascht, ist die Frühreife jener Talente – gerade heute, da man mit dreißig und vierzig Jahren noch als Jugendlicher betrachtet wird, der das Recht hat, nicht zu wissen, was er anfangen soll. Andrea Mantegna ist mit siebzehn Jahren bereits ein Meister. Im Übrigen durfte man es sich zu jener Zeit nicht erlauben, lange ein Kind zu bleiben, man musste rasch erwachsen werden. Deshalb arbeitete Mantegna mit zehn Jahren schon in einer Werkstatt. Er arbeitete als Mädchen für alles beim Squarcione – einem Maler, der das Talent besaß, begabte Jünglinge zu entdecken, die sich ausbeuten ließen. Ein anderer Jüngling, dem eine große Zukunft bevorstand, arbeitete in seiner Werkstatt, Cosmè Tura.[64] Doch vorerst müssen diese blutjungen Lehrlinge pauken wie die Irren. Eine tierische Schufterei, aber auch eine wirksame Methode, um alles das zu lernen, was man in kürzester Zeit lernen kann. Wie man ein Fresko malt, eine Leinwand aufspannt, Pigmente anrührt, Farben mischt. Kurz: die Grundlagen der Malerei. Eine harte Lehre, aber wer die Begabung hat, geht mit breiten Schultern raus und besteht jede Prüfung. Deshalb konnte Mantegna sich schon mit siebzehn Jahren einen Meister nennen.«

Harte Lehrlingsgeschichten. Von dunnemals …

»In gewisser Weise habe ich auch davon gekostet. Die Jahre auf der Brera haben mich geformt, waren intensiv und sogar gewalttätig. Für einen Jungen, der wie ich aus einem Dorf der Glasbläser und Schmuggler kam, war die plötzliche und ungeschützte Begegnung mit den großen

Künstlern jener Jahre, De Chirico, Savinio, ein zu großer Schock. Anerkannte Genies und doch nicht unerreichbar. Wir Studenten wussten stets, wo sie zu finden waren. Nach dem Unterricht in der Brera schwärmten wir aus ins Jamaica, das von der mythischen Mamma Lina geführte Kaffeehaus und die Milchbar der nicht minder berühmten Schwestern Pirovini. Ich hatte zwar nicht genug Geld, mir eine Brause zu leisten, ging aber hin und half bei Bedarf, indem ich die Tische putzte oder bediente. Dafür genoss ich das Privileg, mich im Lokal aufhalten zu können, den Gesprächen zu lauschen und die großartige Atmosphäre einzuatmen, die voller Ideen, Leidenschaften und Anregungen war. Es war ein historischer Augenblick, in dem alle herumreisten, überallhin fuhren, und wenn sie aus den legendären Städten heimkehrten, aus Paris und Rom, berichteten wir einander von den Ausstellungen, die wir gesehen hatten, und von den allerneuesten Tendenzen in der Malerei und der Literatur. Verzweigungen der Künste, die uns erklären, wie aus dieser Kaffeehausboheme derart ungewöhnliche Persönlichkeiten hervorgehen konnten, wie ein Emilio Tadini[65], der als Dichter zur Welt kam, sich dann ins Theater verliebte, Komödien schrieb und zum Maler wurde. Und das Gleiche kann man über Alik Cavaliere[66] sagen oder Arnaldo Pomodoro[67].«

Eine tatsächlich ungewöhnliche Atmosphäre und für einen jungen Mann ein großes Privileg, daran teilzunehmen …

»Ja, auch wenn die weniger angenehmen Seiten nicht fehlten. So stand ich schon mit fünfzehn Jahren im Saal der Anatomie, um die Körper der Toten zu zeichnen. Teils um das Aktzeichnen zu erlernen, teils weil ein totes Modell nichts kostet und zum Teil auch, um mir etwas Geld zu verdienen. Die Krankenhäuser engagierten die Studenten der Kunstakademie, um möglichst getreue anatomische Studien zu erhalten. Natürlich musste man alles genau aufzeichnen, auch das kleinste Detail. Innen wie außen. Manchmal hatten die Anatomen der Pathologie die Körper so zerschnitten, dass man die nackten Knochen sah und die Muskeln freilagen … Anfangs wurde mir schlecht, und ich musste mich erbrechen. Eine Zeit lang konnte ich kein Fleisch essen. Aber dann … kehrte ich zurück, den Zeichenblock auf den Knien, Zeichenstift in der Hand, und zog die Linien nach, die Falten, die Schmarren der armen reglosen, leblosen Körper. Das genaue Gegenteil der sinnlichen, üppigen Modelle, die in der Brera nackt posierten. Für einen jungen Menschen in jedem Fall eine starke Erfahrung.«

Eine verfrühte Begegnung mit dem Tod. Früher oder später trifft es jeden …

»Ich habe keine Angst vor dem Tod. Was mir missfällt, ist die Vorstellung, nicht mehr zu leben. Das Leben hat es meistens gut mit mir gemeint. Es hat mir mehr Wünsche erfüllt, als ich in der Schublade hatte, da ich noch klein war. Ich muss deshalb zugeben, dass es mir ein wenig leidtut, es zu verlassen. Doch davon abgesehen, jagt der Tod mir keine Angst ein. Ich bin nicht gläubig, ich stelle mir kein Jenseits vor. Andererseits ist es kein Herumschweifen in der Metaphysik, wenn ich darauf hoffe und mir vorstelle, dass etwas von unserem Geist überlebt. Wenigstens solange es Menschen gibt, die sich an uns erinnern und von uns angeregt werden. Vielleicht war das der Grund, warum die alten Leute in unserem Dorf früher auf den Friedhof gingen und mit den Toten redeten. Vergessene Gewohnheiten, die schon nicht mehr üblich waren, als ich noch ein Kind war. Aber man muss mit den Toten reden, um sie am Leben zu halten. Ich gehe nicht oft auf den Friedhof, doch manchmal besuche ich den Totenacker von Sartirana, wo die Pina begraben liegt, um mit ihr ein paar Worte zu wechseln … In Lomellina gab es bis vor einigen Jahren noch die Sitte, bei Familienfesten ein Gedeck für einen lieben Verstorbenen aufzulegen. In der Romagna sagte man, wenn der erste Sohn geboren wurde: ›l'è nait ol pa'‹, der Vater ist wiedergeboren, um den engen Zusammenhang zwischen Leben und Tod zu betonen. Denn vor dem Tod darf man nicht die Rollläden herunter lassen und so tun, als gäbe es ihn nicht. Besser, sich gut stellen mit ihm. Wenn man jung ist, ist es schwierig, ihn zu verstehen und zu akzeptieren. Solange du jung bist, sterben immer die anderen. Heute hingegen trifft es meinen besten Freund, meinen Bruder, morgen vielleicht schon mich. Wen es trifft, den trifft es, der Tod ist unvernünftig und ungerecht. Es gibt nur drei Haltungen, die den Gedanken der Endlichkeit erträglich machen – das Spiel, die Ironie und den Mut. Sonst ist er eine Quelle der Verzweiflung, der Wehmut und der Schmerzen.«

Drei Aspekte, die auch auf die Lebenden eine einzigartige Anziehungskraft ausüben.

»O ja. Vielleicht um den Tod zu verdrängen oder vielleicht weil sie immer zur Hand sind wegen der Grausamkeit, die der menschlichen Rasse innewohnt, wenn es um den Tod geht, das Blut, die Gewalt. Die Massen pilgern zu den Orten, wo die entsetzlichsten Verbrechen verübt wurden. An den Wochenenden macht man einen Ausflug zu den Schauplätzen von Katastrophen. Auf der Autobahn verlangsamt man das Tempo, um die verknäulten Blechhaufen nach einem Verkehrsunfall zu betrachten. Die Menschen stehen Schlange, um der Exekution der

Todesstrafe beizuwohnen, dort wo sie noch praktiziert wird. So ist es. Es wird immer so gewesen sein. Im alten Rom, wo man zuschaute, wie die gefesselten Sklaven von wilden Tieren zerrissen wurden, und während der Französischen Revolution, wo die ›Tricoteusen‹[68] zwischen zwei abgeschlagenen Köpfen strickten und schwätzten. In Rom ordnete Papst Clemens VIII. im Jahre 1599, in einer Epoche der höchsten Blüte der Künste und der Wissenschaft, ein erschütterndes Massaker an, die Ermordung der Cenci. Eine ganze Familie wurde für schuldig erklärt, den Vater[69] beseitigt zu haben, der seine Tochter Beatrice[70] sein ganzes widerwärtiges Leben lang missbraucht und verprügelt hatte. Nichts konnte sie retten. Man verurteilte sie dazu, öffentlich[71] massakriert zu werden, und das auf die grausamste Weise, die ein menschliches Gehirn sich vorstellen kann. Giacomo, Beatrices Bruder, wurde mit glühenden Zangen gefoltert, das Fleisch Stück für Stück herausgerissen, dann wurde ihm der Schädel eingeschlagen. Sein Leichnam wurde gevierteilt und an den vier Ecken der Richtstätte aufgehängt. Beatrice und ihre Mutter wurden enthauptet. Der andere Bruder, der fast noch ein Kind war, wurde wegen seines jugendlichen Alters verschont. Er wurde gezwungen, der Hinrichtung seiner Familie zuzuschauen, und kastriert, um die Sippe vollends auszurotten. Nun gut, doch um diesen Aufmarsch der Schrecken nicht zu verpassen, pilgerten fünfhunderttausend Menschen nach Rom – die Wiege der Zivilisation und leuchtenden Kultur jener Epoche. Eine eindrucksvolle Zahl, umso mehr, wenn man berücksichtigt, dass man damals nicht so einfach verreiste. Es kamen so viele, dass etliche totgetreten wurden bei dem Versuch, besser zu sehen, überrannt von der Menge, von Wagen überfahren und bei Streitigkeiten erschlagen. Zum Schluss war die Zahl der Opfer auf der Richtstätte nicht einmal halb so groß wie die Toten auf den Straßen. Das ist offensichtlich der Preis, den man für ein Schauspiel entrichten muss, das keiner verpassen will. Aber es wurden auch alle Ingredienzien einer schönen Schauergeschichte geboten: eine junge Frau, die gegen den gewalttätigen und ausschweifenden Vater aufbegehrt, ein Vater, der die Tochter vor den Augen seiner Kinder schändet, sie vor das Bett der Mutter zerrt, damit auch die mit ansehen musste, was er seiner Tochter antat … Als die Familie beschloss, ihn zu eliminieren, war es längst zu spät. Jedes Gericht, ob damals oder heute, hätte ihr sämtliche Milderungsgründe zugestanden, bis hin zur Notwehr. Nicht so der Papst. Die Familie hätte das riesige Vermögen des Familienvaters geerbt, wenn sie am Leben geblieben wäre. So aber konnte es der schon reichlich gefüllten Kasse des Vatikans zugeführt werden.«

DIE PORNOGRAFIE DER SCHMERZEN

Eine wirklich erschütternde Geschichte, auch wenn die vielen nach Blut, Gewalt und Horror gierenden Zuschauermassen, die da herbeigeeilt sind, vielleicht das finsterste, schrecklichste und infamste sind. Ein Voyeurismus, der den Tod als Event herausfordert, den man nicht verpassen darf, um das müde Adrenalin anzuheizen, der an den extremen Zeitvertreib der heutigen Unterhaltungsformate erinnert, an die falschen »realities«, die aus dem Unglück und den Tragödien anderer, die sich nicht mehr wehren können, schamlose Fernsehsendungen machen. Alles live natürlich.

»Wenn der Tod als Spektakel zur Schau gestellt wird, versagt jedes Mitleid und jede Barmherzigkeit. An ihre Stelle tritt die Lust, immer tiefer in Krankhaftigkeit zu versinken, in der Pornografie der Schmerzen zu kramen. Im Rom der Päpste wurde die Tagesordnung der Hinrichtungen stets auf den neuesten Stand gebracht und angereichert durch die Details der Todesarten: Enthauptung, Vierteilung durch Pferde, Zerschlagung der wichtigsten Körperteile … Das Gleiche in London und Paris. Die großen Hauptstädte der Kultur, der europäischen Geschichte. Inzwischen gibt es die Todesstrafe auf unserem Kontinent zum Glück nicht mehr, auch wenn bei jeder passenden Gelegenheit jemand nach ihr ruft. Als Surrogat, um die niedrigsten Instinkte der Menschheit zu sättigen, um die Leute in die Barbarei zu treiben und sie zu degenerieren, damit sie ja nicht zivil heranwachsen und reifen, verabreicht man ihnen eine Überdosis an schwarzen Nachrichten: Satanisten, Kindsraub, Blutbäder im Eigenheim. Ein Horrorkatalog, immer mehr Gemetzel, mehr Kitsch, der etwas Wichtiges ersetzen soll, nämlich Gefühle, die viele Menschen nicht mehr zu empfinden vermögen. Auch der Fußball lebt davon. Mehr als das Spiel zählen die Hitze und die Stimmung im Stadion, die Knallkörper, die Streitereien, Zusammenstöße … Wir befinden uns noch immer in einer heidnischen Arena. Die Zeiten ändern sich, aber das Problem der übersättigten Menschheit scheint gleich zu bleiben: die Langeweile zu vertreiben. Und jeder tut es, wie er kann. Entsprechend seiner Kultur und seiner sozialen Stellung. In Ferrara gab es einen Herzog, der sich einen herrlichen Palast erbauen ließ, um diese lästige Lebensgefährtin zu vertreiben, und er nannte ihn dementsprechend ›Schifanoia‹[72]. Ein Beispiel für den Zeitvertreib im Namen der Schönheit, der Ironie und des Schauspiels, um ästhetische Empfindungen zu erzeugen, die fähig sind, die Gemüter zu bewegen. Was der tiefere Grund für jegliche Kunst ist. Auf andere Weise ist dasselbe in der bäuerlichen Welt passiert mit der Zurschaustellung des Körpers, den Tänzen, den Pavanen, dem Widerstreit. Kollektive Feste, die den Körper rühmen, nicht erniedrigen. Das heißt nicht, dass die agrarische Welt frei von Grausamkeit wäre. Die im ganzen Mittelmeerraum in unterschiedlicher Ausprägung verbreiteten Stierkämpfe sind ein Beispiel dafür. Im alten Sardinien wurden an den Gräbern der Männer Stierhörner angebracht, um ihre Kraft und ihren Mut im Augenblick des Ablebens zu symbolisieren. Corridas waren nicht nur in Spanien verbreitet, sondern auch bei uns. Im vierzehnten und fünfzehnten Jahrhundert wurden in Venedig Stiere über die Plätze gejagt. Solche Traditionen erscheinen heute unangebracht, doch sie hatten eindeutig ästhetische Beweggründe und haben sie noch heute, dort wo sie weiterhin praktiziert werden. Die Anhänger der Corridas gehen nicht in die Arena, um zu sehen, wie ein Tier getötet wird. Dafür könnten sie auch in den städtischen Schlachthof gehen. Sie gehen dorthin, um einen Ritus zu erleben (der nicht frei ist von religiösen Bezügen, Gebeten und zeremoniellen Beschwörungen), aber auch eine Stilübung, wo derjenige am besten ist, der dem Kampf seine Grausamkeit nimmt, auch wenn er tötet, und den Tod paradoxerweise zum Verschwinden bringt. So beginnt der Kampf zwischen Mensch und Tier: Du wirfst dein Leben in die Waagschale. Wenn du nicht auf der Höhe der Auseinandersetzung bist, verlierst du. Eine andere Corrida der bäuerlichen Welt, die einst weit verbreitet war, ist die mit dem Schwein. Die jungen Männer schützten ihre Knie, indem sie sich die Beine mit Bandagen und Stöcken umwickelten. Kopf und Schultern schützten sie, indem sie eine Art Rüstung aus Holz und Stoff trugen. Ein Schiedsrichter verpasste ihnen zum Schluss eine Augenbinde, sodass

keiner den anderen sehen konnte. Dann wurden kräftige Stöcke verteilt, mit denen sie das Schwein verprügeln mussten. Schließlich wurden sie allesamt in ein Gatter geleitet, wo sich der Eber befand, der von den Schreien der Zuschauer aufgeschreckt und wild gemacht wurde. Die Aufgabe bestand darin, ihn mit den Knüppeln totzuschlagen. Da sie jedoch nichts sehen konnten, endete die Geschichte damit, dass sie sich gegenseitig schreckliche Schläge verpassten. Das groteske Vergnügen der Zuschauer war deshalb nicht der Tod des armen Schweins, sondern das Schauspiel der Matadore, die sich dumm und dämlich schlugen.«

Sie haben den menschlichen Körper in allen seinen Einzelheiten studiert, ihn untersucht, abgehandelt, tausend Mal reproduziert. Als Sie ein Junge waren und die Brera besuchten, aber auch später, während Ihrer nie unterbrochenen Arbeit als Maler. Der Körper war für Sie aber auch ein unvergleichliches Arbeitsgerät, der Grundstein Ihrer Bühnenkunst. Im Theater ist jede Geste, jede Bewegung, jeder Sprung, jeder Ruck, jede Kapriole, Teil der Handlung und ihr Zusammenhalt. Zugleich bereichern sie die Handlung um jenes mysteriöse und unwiederbringliche Element, das in den Muskeln versteckt ist, im Fleisch und im Blut.

»Meinem Körper verdanke ich viel. Er war mir ein wertvolles, unentbehrliches Arbeitsinstrument. Ein treues Instrument, das mich nie im Stich gelassen hat. Auch insoweit muss ich dem Geschick danken, das mich gesund zur Welt gebracht hat, an einem Ort, wo man nahe der Natur aufwachsen und ihrem Ruf folgen konnte. Ich habe in meinem Leben nicht auf die Weise Sport getrieben, wie man das heute versteht, also in die Turnhalle gehen, bestimmte künstliche Regeln des Trainings befolgen, die Muskulatur übermäßig aufpumpen. Mein Sport wurde mir von der Umwelt geboten, die damals noch fast sauber war, vom See. So wie die anderen Jugendlichen damals ruderten und schwammen wir, sprangen ins Wasser, rauften, fuhren Schlitten, wenn es geschneit hatte, kletterten auf die Bäume im Frühjahr … und wir rannten. Ständig, häufig, bis wir keine Luft mehr kriegten. Wir taten es aus Vergnügen, aus Freude daran. Dass es Sport wäre, erfuhren wir erst später. Für uns war es das reine Glück, die Luft zu genießen, das Wasser, die Erde. Zu erleben, wie jeder Muskel lebte. Die Freude an den Wettkämpfen mit leichten Booten, nebeneinander zu schwimmen und gleichzeitig die Rücken zu krümmen, im gleichen Augenblick auszuatmen. Eine riesige Freude. Mit dem ersten selbst verdienten Geld vom Verkauf meiner Zeichnungen, die nicht nur Tote zeigten, sondern auch Lebende, denn es sprach sich rasch herum, dass ich gut zeichnen konnte – und alle wollten von mir porträtiert werden – kaufte ich mir ein Ruderboot. Das Boot war klein, ein Einsitzer ganz aus Holz, unglaublich elegant, sogar mit Rollsitz. Eine unwiderstehliche Verführerin. Ich benutzte sie, bis ich dreiundzwanzig war. Als ich dann endgültig nach Mailand umzog, schenkte ich sie einem Cousin, der am See wohnte. Ich denke immer noch manchmal an sie, wie an eine ferne Geliebte.«

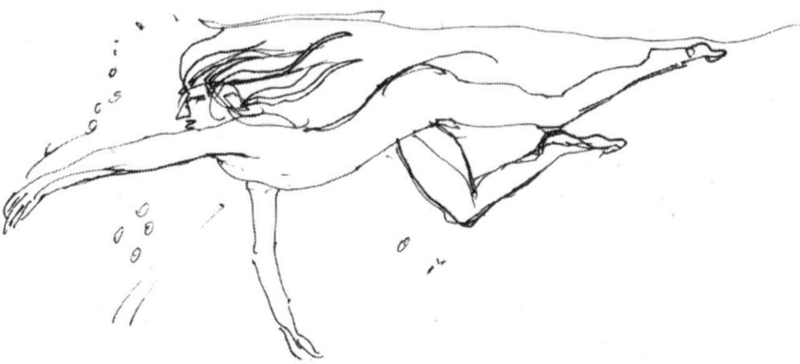

IM WASSER DIE LIEBE ENTDECKEN

»Das Ufer rauf und runter, Armstoß für Armstoß, kilometerweit. Überrascht stellten wir fest, dass es nicht nur Muskelkraft braucht, um gut schwimmen zu können, sondern auch Harmonie. Man muss das Wasser im Kreis durchschneiden, ohne ihm zu widerstehen und ohne Anstrengung. Im richtigen Moment atmen. In perfekter Übereinstimmung mit der Bewegung der Arme und der Beine.

Ein wunderbares Gleichgewicht, das sich einige Jahre später auf der Bühne als fundamental für die Schauspielerei erweisen sollte, diese magische Einheit von Körper und Sprache, die nur funktioniert, wenn sie Abend für Abend das größtmögliche Ergebnis mit der geringstmöglichen Anstrengung erzielt. Ein Weg, heute würde man es Training nennen, den viele andere auf der Schule zurückgelegt haben, wo sie ausgedehnten esoterischen Übungen unterzogen wurden, während ich es mir schöner angeeignet hatte und es schon ausgeprägt war, dank der fantastischen Jahre am See. Der mir viele Geschenke machte und eines Tages sogar ein ganz spezielles, meine erste große Liebe, die ich ausgerechnet im Wasser kennenlernte. Es war der erste Mai oder, wie man bei uns sagte: der ›Calende Magg‹[73]. Ein sonniger Festtag. Genau das Richtige für eine Spazierfahrt mit dem Ruderboot. Als ich mitten auf dem See war, sehe ich eine Schwimmerin mit langen schwarzen Locken. Das ist keine aus dem Dorf, die kenne ich alle. Die ist anders, besonders schön. Sie heißt Lucy, ist vierzehn Jahre alt und zu Besuch, evakuiert mit der ganzen Familie. Ich frage, ob sie Hilfe braucht, ins Boot kommen will. So allein mitten auf dem See, das kann gefährlich sein … Höflich, aber bestimmt antwortet sie, dass sie allein sein möchte und dass demnächst eine Freundin und ihr Bruder mit einem Motorboot kämen, um sie mitzunehmen. Sie schickt mich also weg. Ich komme mir lächerlich vor und bin ein bisschen böse, als ich wieder ans Ufer komme. Da sehe ich eine schwarze Linie am Horizont, die näher kommt. Ein untrügliches Zeichen, dass eine ›marenca‹ bevorsteht, dieser entsetzliche Wind, der alles wegfegt. Ich wende das Boot, lege mich in die Riemen und rudere schnell auf den See zurück. Zu Lucy. Steig ein, rufe ich ihr zu, mach rasch, ein Sturm. Diesmal brauche ich es nicht zweimal zu sagen. Sie zieht sich an der Bordwand hoch und springt ins Boot.

Direkt auf mich drauf. Einen Moment lang liegen wir Körper an Körper. Ihre Haut ist so weich. Ich kriege fast keine Luft und könnte ewig so liegen. Aber wir haben keine Zeit. Die ›marenca‹ kommt näher, ich muss rudern. Bald sind wir am Ufer. Gerettet. Ihre dunklen Augen schauen mich an. Mein Herz schlägt so heftig, dass ich fürchte, man könnte es sehen. Der Sturm tost, doch Lucy und ich bemerken es nicht einmal. Bevor es dunkel wird, küssen wir uns. Dem See sei Dank!«

Ein intensives, unmittelbares Naturerlebnis, das für Sie stets lebendig geblieben ist. In den Tälern rund um den Lago Maggiore aufgewachsen zu sein, das Heranwachsen in engem Kontakt mit der Landschaft, der Luft, dem Wasser haben Sie unauslöschlich geprägt.

»Das Wasser vor allem. Auf mich übt es eine unwiderstehliche Anziehungskraft aus. Die große, ruhige, schillernde Wasserfläche war für uns Kinder der sommerliche Spielplatz. Ein Ort der Entdeckungen und unerhörten Begebenheiten. Die ›ricasciada‹[74] zum Beispiel, der Moment, in dem die jungen Fische bis ans Ufer kommen und drei oder vier Meter weit aus dem Wasser springen. Wenn der Zeitpunkt kam, traten wir in Aktion. Wenn einer der Alten aus dem Dorf, der den Mond befragte, uns Bescheid gab: Morgen. Am anderen Tag waren wir alle da, um das Wunder zu erleben, und beäugten die Wasseroberfläche. Und dann begann das stille Wasser sich zu kräuseln und in einem Crescendo von Ringen und Strudeln, die immer enger beieinander standen, erhob sich das silberne Gezappel. Tausende kleiner Fische tanzten uns entgegen, und wir wetteiferten miteinander fast so flink wie sie, sie in Säcken und Eimern aufzufangen. Ein Schauspiel. So eindrucksvoll, dass der Dichter Porta[75] das Ereignis erwähnt, um an das Ende der Schulzeit im Frühling zu erinnern: ›Oh, la ricasciada de' fighett …‹ Die ›ricasciada‹ war eines der wundervollen Rituale, die die Jahreszeiten pünktlich begleiteten, wie die Kastanienernte im Herbst und die Blumenfeste im Frühjahr. Und wie wollte man dem Zauber des Glitzerns widerstehen? Wann immer jemand das Fenster öffnet, wirft das Glas einen glitzernden Stern auf die Wasseroberfläche … Wir Jungen machten es nach und sandten uns Signale mit dem Spiegel, den jeder in der Tasche hatte. So wie die Menschen im Gebirge, wenn sie die Abreise oder Ankunft der Baumstämme auf den Seilbahnen signalisieren. Ein uraltes Nachrichtensystem, das die Menschen in der Antike benutzten und zur Zeit von Leonardo.«

UMWELT, DER ENTSCHEIDENDE KAMPF

Die Umwelt mit ihren Problemen, die immer beängstigender werden, gehört zu den entscheidenden Themen Ihres politischen Engagements in letzter Zeit. Zahlreich sind die Vorschläge, die Sie gemacht haben, um den Menschen das Recht auf die fundamentalen Güter zurückzugeben, die mehr und mehr im Verschwinden begriffen sind.

»Der Kampf um die Umwelt ist heute entscheidend, wenn wir wollen, dass es eine Zukunft gibt. Die wahnsinnige Verschmutzung von Mailand zeigt uns jeden Morgen warnend den erschreckenden Gesundheitszustand unseres Planeten, der sich dank der gedankenlosen Inkompetenz und der allmächtigen Mythomanie der Regierenden, ohne es zu merken, auf eine Apokalypse zubewegt. Zwei Mal wurde ich gebeten, für das Amt des Bürgermeisters von Mailand zu kandidieren. Zwei Mal habe ich die Kandidatur angenommen, beide Male in der Absicht, mich für das entscheidende Problem einzusetzen. Viele halten die Schlacht inzwischen für verloren. Die Qualität des Lebens und das moderne Leben in Einklang zu bringen erscheint ihnen so mühsam wie die Quadratur des Kreises. Stattdessen braucht man sich nur zu informieren. Über das, was bei uns unterlassen wird, was anderswo hingegen gemacht wird. So habe ich mit alten Kollegen vom Politechnikum Kontakt aufgenommen, habe mir die Daten beschafft, mit Technikern gesprochen, vor allem aber mit gewöhnlichen Menschen, die tagtäglich mit der Verschmutzung zu tun haben, Taxifahrer, Streifenpolizisten, Busfahrer … Seit den Achtzigerjahren erstickt Mailand am Verkehr und am Smog. Der Plan, das Stadtzentrum für den Autoverkehr zu sperren, wie Tognoli, als er Bürgermeister war, es versucht hat, ist seither unerbittlich widerrufen worden. Denn den privaten Verkehr zu verbannen bedeutet, Alternativen zu schaffen, um den Nahverkehr mit sauberen Verkehrsmitteln aufrechtzuerhalten. Ein engagiertes Projekt, gewiss, aber nicht unmöglich. In London zum Beispiel hat man es versucht. Und heute durchquert man die Stadt doppelt so schnell wie vor zehn Jahren. Alle bei uns wissen inzwischen, dass die Entscheidung für Diesel und Benzin selbstmörderisch ist, aber wenn man sie daran erinnert, wissen sie nichts Besseres, als die Arme auszubreiten. Der Druck der Treibstoffindustrie ist größer als jede Sorge um die Gesundheit. Auch wenn es ein paar tapfere Ausnahmen gibt. In Reggio Emilia gibt es vierhundert Elektroautos für die Bürger, die Innenstadt von Perugia ist autofrei und die Leute erreichen die Stadt nur zu Fuß über ein System von Rolltreppen oder mit kleinen Ökobussen. Und in Forlì gibt es eine Transportgenossenschaft für den innerstädtischen Verkehr, die ihre 150 Fahrzeuge mit Rapsöl antreibt, das nicht so schmutzig und sicherer, da nicht brennbar, ist. Ein alternativer und billiger Kraftstoff. In Italien gibt es sechs oder sieben Raffinerien für Rapsöl, zu wenige. In Forlì wird der gesamte Energiebedarf von einer fotovoltaischen Anlage produziert, die das Sonnenlicht nutzt, saubere Energie.«

Auch wenn man mit den gewohnten wirtschaftlichen Begriffen operiert, könnte die alternative Energie ein gutes Geschäft sein. Warum ist das Vertrauen in sie so gering?

»Weil die Dummheit sich bei uns noch immer lohnt. Das schlechte Beispiel der öffentlichen Beamtenschaft hat schlimme Epigonen in der Privatwirtschaft zur Folge: Ein Großteil der Fabriken und Kleinbetriebe zieht es noch immer vor, Abfall und Sondermüll wild und regellos zu entsorgen, weil sie wissen, dass niemand sie belangt oder sie bestenfalls mit einer bescheidenen Geldbuße rechnen müssen. Zur Zeit der Stadtstaaten, das belegen zum Beispiel die Rechtsverordnungen der Stadt Mailand und anderer italienischer Städte, waren die Gesetze äußerst streng. Wer dabei ertappt wurde, ungeeignete Substanzen in die Wasserleitung zu kippen, oder der Färber, der die Rückstände seiner Arbeit nicht regelrecht untergrub, kriegte Ärger. Alles das passt zu einer anderen törichten und unüberlegten urbanistischen Entwicklung: Zu den Erfolgen der letzten Stadtverwaltung gehört die Transformation von Bicocca, das Albertini[76] und Tronchetti Provera[77] zu einer Modellstadt machen wollten. Entstanden ist eine triste Ansammlung von Beton. Die Universität wurde dorthin verlegt[78], auch die Scala während der Umbauarbeiten an der Via Filodrammatici. Dem Plan zufolge sollte ein neues, weniger elitäres Sprechtheater mit härterem Biss entstehen, doch das kämpft ums Überleben wegen der hohen Verwaltungskosten. Man schiebt sich den Ball gegenseitig zu, versucht einen Schuldigen zu finden und sucht nach neuen Möglichkeiten, den Betrieb zu retten. Was eine Stadt der Kultur hätte werden können, wie La Villette in Paris, ist ein Niemandsland geworden, wo man sich nachts nicht auf die Straße traut, weil es nicht einmal eine Pizzeria oder eine Bar gibt. Ein öde Gegend, die nur dazu dient, für viel Geld Wohnungen zu verkaufen. Ein Beweis mehr, dass das lombardische Unternehmertum, das einst mutige und innovative Projekte verfolgte, durch mittelmäßige Figuren ersetzt worden ist, die von bloßer Raffgier beherrscht werden. Sogar in der Modebranche, der letzten überlebenden Industrie in Mailand, denkt man nicht mehr in erster Linie an Kreativität, sondern an den Markt und das schnelle Geld. Den kultivierten und intelligenten Kapitalismus gibt es nicht mehr. Ein einziges Unternehmen hat nach und nach alle finanziellen Beihilfen des Staates monopolisiert und hat es trotzdem geschafft, abzustürzen. Um FIAT[79] zu unterstützen, vernachlässigte man unser Eisenbahnsystem. Ich bin Sohn eines Eisenbahners. Als Junge fuhr ich jeden Tag mit dem Zug von Porto Valtravaglia nach Mailand. Zur Zeit der würdevollen Triebwagen. Es sind nach sechzig Jahren noch immer dieselben. Nur von Würde keine Spur mehr.«

Eine zivilgesellschaftliche Entrüstung, die Fo auf der Schwelle zu seinen achtzig Jahren dazu bewogen hat, für das Amt des Bürgermeisters von Mailand zu kandidieren. Ohne Partei im Rücken, ohne Sponsor, ohne Geld und sonstige Unterstützung stürzt sich das alte Streitross ins Getümmel mit nichts als einem mutigen Programm, das den Bedürfnissen und Träumen der Bürgerschaft Rechnung trägt und dem Wahlspruch: »Ich bin kein Gemäßigter!« Am letzten Abend der Kampagne kommen zwölftausend ins Mailänder Mazda-Palace[80], um ihn zu hören. Ungeachtet der Kälte stellen sie sich geduldig an, fest entschlossen teilzunehmen, jeder mit seinen eigenen Argumenten: Parkplätze und Luftverschmutzung, das schlechte Schulsystem und das miserable Gesundheitssystem, Proteste und Vorschläge werden vorgebracht. Sie schließen alle mit demselben Satz: »Ich sage es Dario.« Ein großes Fest und eine Versammlung, die an die Zeiten der Palazzina Liberty[81] erinnert. Mit den vielen Leuten, die diskutieren und tanzen, mit Clowns, mit Enzo Jannacci[82] und seinem Sohn Paolo, die ihre Band mitbrachten und jazzten. Plötzlich, wie bei einem richtigen Theatercoup, erscheint auf der Bühne zu den Klängen von »It's a long way to Tipperary« Ken Livingstone[83].

»Ja, der rote Ken, der Bürgermeister von London, der sich ans Publikum wendet, das ihm applaudiert, und erklärt: ›Ich bin hier, weil ich überzeugt bin, dass Dario der bestmögliche Bürgermeister für Mailand wäre. In meiner Stadt haben wir den chaotischen und zerstörerischen Verkehr erträglich und mit dem Leben vereinbar gemacht, und ich bin bereit, meine Erfahrung anzubieten.‹ Als wir in London waren, hatten wir ihn mehr zum Spaß eingeladen, und Ken hatte zu unserer Überraschung geantwortet: ›Natürlich komme ich. Das bin ich euch schuldig. Früher haben wir den Titel eures Theaterstücks *Bezahlt wird nicht!* für eine Kampagne gegen Thatcher[84] benutzt. In allen Autobussen von London haben wir groß den Spruch angebracht: ›Wir können nicht zahlen, und wir zahlen nicht!‹ Rauschender Beifall im Mazda-Palace. Paolo Hendel[85], der im Publikum sitzt, ruft: ›Danke, Dario, du machst uns wieder Mut zu kämpfen!‹«

Ein Beweis dafür, dass man aufseiten der Linken, den Aufruf, sich zu mäßigen, der damals wie eine Fahne mit Ungestüm geschwenkt wurde, nicht länger hören wollte, da er bedeutete, niemals Stellung zu beziehen und keine radikalen Lösungen vorzuschlagen.

»Ich bin sicher, dass man keine Wahlen gewinnen und nicht regieren kann, wenn man keine hohen humanistischen Ideale hat. Es ist bedauerlich, dass die parteipolitische Linke solche Schwierigkeiten hat, das zu begreifen. Es ist betrüblich, dass sie ihre starke Anhängerschaft in der Bevölkerung nicht berücksichtigt, die Kampfbereitschaft und die Hingabe, die vielen, sehr vielen Italienern eigen ist. Die abermals befürchten müssen, um ihre Ideen betrogen und besiegt zu werden. Stattdessen denken die Berufspolitiker nur daran, ihre Machtpositionen zu verwalten, skrupellos und nicht selten verbunden mit Geldgier. So wird der Abstand zwischen ihnen und der Bevölkerung immer größer.«

Sie sind schlussendlich nicht Bürgermeister von Mailand geworden. Dennoch haben Sie sich auch weiterhin für eine andere Stadt eingesetzt, für ein Mailand, das seiner Geschichte würdig ist.

»Das jetzt auf einer Kloake dümpelt. Wo es in einem erschreckenden Straßenverkehr versackt und von der schlimmsten Umweltverschmutzung ganz Europas verpestet wird … Und als würde das nicht ausreichen, will man der Stadt jetzt noch den Bauch aufreißen, um vierundzwanzig große Tiefgaragen zu bauen. Jemand müsste nur noch die Darsena[86] von irgendeinem architektonischen Genie umgestalten und mit einem grünen Teppich abdecken lassen, um die Illusion wiederzubeleben, dass man sich tatsächlich an einem Wasserlauf befindet. So müsste man nur das Schild ›Baden verboten‹ durch die Worte ›Keine Kopfsprünge!‹ ergänzen. Tatsache ist, dass alle unsere Kommunalpolitiker in Mailand und anderen Städten stark kurzsichtig sind. Um die Städte wieder in Ordnung zu bringen und ihre Probleme zu lösen, darf man nicht nur das Gebiet innerhalb ihrer Stadtmauern betrachten, man muss über das ganze Umland nachdenken. Turin, Mailand, Triest gehören zur gleichen Wirklichkeit. Die Gifte der Lombardei vergiften Piemont und das Veneto und umgekehrt. Deshalb müssen wir den Blick ausweiten und Schluss machen mit dem mühseligen Gekreische und Gekrieche, das uns so anerzogen wurde. In den Jahren seit Craxi[87] bis zu Berlusconi hat man sich darin übertroffen, uns den letzten moralischen Halt zu nehmen. Berlusconi, der hintertriebenste Taschenspieler von allen, hat aus seinem faschistischen Ärmel zudem einige Asse gezaubert. Mussolinis[88] große Erfindung war ja, ein missachtetes Land in das Mäntelchen einer großen Nation zu kleiden und den kleinen mafiösen unglücklichen Italiener zum Nachkommen einer wiedergefundenen lateinischen Größe zu erklären. Zum Erben eines Imperiums aus Pappmaschee für ein B-Movie, wie sie früher für wenig Geld in Cinecittà gedreht wurden. Berlusconi, der sich seines Kredits bei den Herren der Erde rühmt, macht dagegen seinen ahnungslosen, fernsehabhängigen Gefolgsleuten weis, Italien sei ein Schlaraffenland, wo alle im Überfluss leben mit Mobiltelefonen und Markentaschen, in Erwartung vom Glück geküsst zu werden, den Jackpot zu knacken, bei *Big Brother* teilzunehmen, ein Showgirl oder Fußballstar zu werden. Fernsehbetrügereien, leere Versprechungen … Alles schon mal dagewesen. Bei ihm nannte sich das Propaganda, bei Silvio heißt es Verkaufsratschläge.«

Das heißt, die Geschichte wiederholt sich nicht, aber sie ähnelt sich …

»Ich entsinne mich genau, was mein Vater mir erzählte, ein Nenni-Sozialist. Er wurde gezwungen, nach Libyen zu ziehen, in den schmutzigen afrikanischen Krieg, den der Schurke Graziani[89] befehligt hatte. Er sah Massaker und Erschießungen, Gewalttätigkeiten und Übergriffe jeder Art. Einmal sollte ich einen Aufsatz über das befreite Äthiopien schreiben, und da uns die Lehrerinnen einer Gehirnwäsche unterzogen hatten, tischte ich ihnen irgendwelche Dummheiten auf wie ›Wir haben ihnen die Freiheit gebracht und die Zivilisation‹, aber er raunzte nur: ›Was schreibst du da? Man hat uns hingeschickt, und wir haben Menschen ermordet, denen das Land gehörte.‹ Er meinte auch: ›Wir haben gegen Österreich Krieg geführt, um Trient und Triest zu kriegen, wo es ausgereicht hätte, einen Vertrag zu unterschreiben, und das Massaker wäre vermieden worden.‹ Ein Unterricht, den das Leben erteilt, nicht die Schulbücher. Mich haben diese Lektionen für immer geprägt, er hat mich gelehrt, dass hinter allen Konflikten eine verborgene wirtschaftliche Macht steht. Dass alle schönen Worte, die Freiheit, das Vaterland, das Heldentum nur die heuchlerischen Deckmäntel sind, um noch schmutzigere Übeltaten zu verstecken. In Libyen wie in Afghanistan, im Irak wie im Libanon und in Palästina. Am schlimmsten ist, dass alle diese Dinge im Namen der Religionen passieren, mit dem Segen diverser Kirchen, die katholische inbegriffen. Die offiziell Kriege und Gewalt ablehnt und anschließend die Herrscher dieser Erde, die sie ausgelöst haben, mit allen Ehren empfängt. Warum erfüllt der Papst nicht seine Pflicht und exkommuniziert jeden, der der Logik der Waffen folgt? Gott verbietet das Töten, und er sagt nicht: ›Es sei denn …‹, ›mit Ausnahme von …‹«

Christus kommt häufig vor in Ihren Reden. Sie sind Atheist, ein Pfaffenfresser, überzeugter Religionsgegner, aber nun scheint es, als fühlten Sie sich angezogen von Jesus und seiner Botschaft. Christus, die Madonna, die Apostel betreten in Ihren Texten oft die Bühne, vielleicht mit ironischem Unterton, doch immer mit Respekt.

»Wie sollte man nicht von einer solchen Figur beeindruckt sein? Sohn Gottes oder nicht, für mich ist das unerheblich. Was mich an Christus beeindruckt und interessiert, ist seine Art, Mensch zu sein. Einer wie wir. Doch zu einer Freiheit fähig und zu einem Mut, zu einer außergewöhnlichen Bedenkenlosigkeit. In einer Zeit, da die Demokratie nicht einmal denkbar war, sagt da einer, wir seien alle gleich, schließt die Reichen vom Himmelreich aus, nennt glücklich jene, die arm sind an Geist, die Unterdrückten, die nach Gerechtigkeit dürsten … Dann sein ungewöhnliches Verhältnis zu den Frauen. Zu einer Zeit, da die Frau in sozialer Hinsicht nichts gilt, gesteht Christus ihnen die vollen Menschenrechte zu. Im kleinen Zirkel seiner Anhänger nehmen die Frauen großen Raum ein. Sie folgen ihm überallhin, diskutieren und werden angehört. Die anerkannten Evangelien, die nicht zufällig von einer patriarchalischen Kirche ausgesucht wurden, haben sie zwar immer mehr in den Hintergrund geschoben, doch die nicht anerkannten Apokryphen geben ihnen eine ganz andere Bedeutung. Alle Texte erzählen von der schrecklichen Einsamkeit, in der Christus sich nach seinem Prozess befindet: Die Apostel sind geflohen, sogar Petrus verleugnet ihn. Nur die Frauen bleiben an seiner Seite. Vielleicht wurden sie zu jener Zeit für dermaßen unbedeutend gehalten, dass sie sich nicht in Gefahr brachten. Vielleicht aber auch, weil sie tapferer und stärker waren. Auf jeden Fall waren sie dem Manne Jesus dankbar, der so anders war als die anderen und sie nie verachtete oder abfällig beurteilte. Nicht einmal in den schlimmeren Fällen. Zu einer Zeit, da die Ehebrecherin gesteinigt wird, zeigt Christus ihr gegenüber eine revolutionäre Barmherzigkeit. Jemand versucht, ihm eine Falle zu stellen und fragt, ob man das Gesetz anwenden müsse. Er steht gebeugt und zeichnet mit einem Stöckchen Figuren in den Sand. Ohne den Kopf zu heben antwortet er: ›Wer unter euch ohne Sünde ist, der werfe den ersten Stein …‹ Dann zeichnet er weiter. Zu ihr aber sagt er: ›Geh hin und sündige hinfort nicht mehr.‹ Schluss.«

UND JESUS KÜSSTE DIE BRAUT

Die Evangelien kann er im Schlaf hersagen. Die anerkannten wie die apokryphen.

»Wir müssen aufhören, die Apokryphen für unbeachtlich zu halten. Im Gegenteil handelt es sich um die lebendigsten Zeugnisse des frühen Christentums. Keiner, der die Geschichte des Christentums studiert, kann auf die Apokryphen verzichten. Es gibt viele davon. Etliche stammen aus derselben Zeit wie die anerkannten, andere wurden später verfasst. Im Gegensatz zu den vier anerkannten, die entsprechend der historischen Situationen umgeschrieben und angepasst wurden, wurden die Apokryphen nicht verändert, sodass die Personen und Situationen intakt blieben. In manchen Malereien von Giotto zum Beispiel gibt es Szenen, die aus jenen Evangelien stammen und so auch in vielen Bildern der venezianischen und emilianischen Schulen des fünfzehnten und sechzehnten Jahrhunderts.

Ganz zu schweigen von Caravaggio. Die Apokryphen sind ein regelrechtes Bergwerk der Informationen, sie berichten uns über die ersten Lebensjahre Jesu – eine Zeit also, die in den offiziellen Evangelien der Zensur zum Opfer fiel. Das ist schade, weil man gerade hier viele Geschichten entdecken kann, die der Gefühlswelt des Volkes entsprechen – sehr schöne und poetische Episoden. In einer meiner Hanswurstiaden mit dem Titel *Das erste Wunder vom Jesuskind*, das einer der Apokryphen entstammt, wird erzählt, wie der kleine Jesus Vögel fliegen lässt, die seine Spielgefährten aus Ton geknetet haben, und wie er reagiert, als ein böser Junge die Vögel zerstört[90]. Dann gibt es die Geschichte der taubstummen Braut. Die in der Hochzeitsnacht fast verzweifelt, weil sie ihrem Bräutigam nicht sagen kann, was sie für ihn empfindet. Da kommt der kleine Jesus vorbei, sie nimmt ihn in den Arm, und er berührt ihren Mund mit seinen kleinen Lippen. Augenblicklich kann die Frau sprechen und hören, läuft zu ihrem Mann und erklärt ihm endlich ihre Liebe.«

Glaubt man diesen Schriften, so war die Rolle der Frau in den ersten religiösen Organisationen eine andere. Die herrschende Kirche hat die Frauen hingegen ausgeschlossen vom Priesteramt, aus der Hierarchie, sie mit Argwohn betrachtet, oft sogar verfolgt als Dämonen oder als Hexen verbrannt.

»Nur am Anfang, als in den frühen christlichen Gemeinschaften die weibliche Anwesenheit eine große Bedeutung hatte und die Frauen an der Feier der Rituale teilnehmen durften, war es so. Der Erste, der die Frauen systematisch an den Rand drängte, auch wenn er zugeben musste, dass er ihnen seinen Erfolg als Redner verdankte, war der heilige Paulus, der nicht umsonst zum Kirchenvater ernannt wurde. Indem er die alten lateinischen Machtstrukturen wieder einführte, hat er die Frauen nach und nach durch Männer ersetzt. Eine erdrückend maskuline Haltung, die später von Augustinus und allen anderen mehr oder weniger heiligen fortgesetzt wird. Natürlich gab es ein paar lobenswerte Ausnahmen. Ich denke an Ambrosius[91], den Mailänder Bischof, der der jungen Frau die Ehre zurückgibt, indem er sie davon befreit, von ihren Familien verkauft zu werden, wenn auch unter der Bedingung, dass sie Jungfrauen bleiben. Und Franziskus[92], der seine Gemeinschaft gleichberechtigt mit einer jungen Frau namens Clara gründet. Ein unerträglicher ›Skandal‹ für die dumpfe konformistische kirchliche Hierarchie, die sie bald zwang, sich zu trennen. Um die Frauen wegzudrängen und zu unterdrücken, haben Bischöfe und Päpste sich alles Mögliche einfallen lassen. Ihre Ignoranz war stets offensichtlich und vorhersehbar für alle, die wussten, dass es ohne Wissen keine Freiheit gibt. Die wenigen Frauen, die die Grenzen überschritten, als weise Frauen berühmt wurden oder wussten, wie man heilt und Schmerzen lindert, wurden als Satansbräute gebrandmarkt. Eilig verbrannt, um die Übrigen einzuschüchtern. Oder gezwungen, sich im Kloster einzuschließen und in Isolation zu leben, wie es der heiligen Clara und ihren Schwestern widerfuhr. Man richtete sogar ein Tribunal ein, um reinen Tisch zu machen, die heilige Inquisition, und man verfasste ein Regelwerk, um mit dem Siegel der päpstlichen Unfehlbarkeit festzusetzen, wann und wie eine Frau hinzurichten sei. Die Bulle *Summis desiderantes affectibus* wurde noch 1484 von Papst Innozenz VIII. erlassen.

Der *Hexenhammer* ist das erste Handbuch der Hexenjäger. Darin steht alles, was benötigt wird, um festzustellen, ob es sich bei der Frau, die man vor sich hat, tatsächlich um eine Frau des Teufels handelt. Fast niemand entrinnt der Verurteilung, denn es reicht schon eine anonyme Anzeige, um ein entsetzliches Verfahren in Gang zu setzen, das tödliche Verhöre vorsieht, körperliche Eingriffe, Folter, Prozesse, Scheiterhaufen. Wie viele ermordete und geschändete Frauen hat die Kirche auf dem Gewissen? Die langen Listen in den Archiven bezeugen unvorstellbare Grausamkeiten. Einer, der viele auf dem Gewissen hat, ist Carlo Borromeo, der zu einem hysterischen, sexualphobischen Mystizismus neigte, und viele arme Frauen des Valtellina und der Berge um den Comer See verfolgte, indem er sie dunkelster Ruchlosigkeiten bezichtigte. Ein anderer Borromeo war weit weniger voreingenommen, auch er ein Kardinal, Federico. Ersterer wurde nicht umsonst heiliggesprochen, Letzterer nicht.«

SAG ZU GOTT NIEMALS MAMA

Nicht von ungefähr hat die Frauenbewegung ein paar Jahrhunderte später das Thema wieder aufgegriffen mit dem wilden Schrei auf Straßen und Plätzen: »Tremate, tremate, le streghe son tornate!«[93]

»Ja, und auch das hat vielen nicht gefallen. Das Vorurteil bleibt. Und wenn ich mir die gegenwärtige Entwicklung der Kirche anschaue, würde ich meine Hand dafür nicht ins Feuer legen, dass … Wer weiß … Einer, der versucht hat, die Dinge ins Lot zu bringen, hat nicht lange gelebt. Der Papst, der im zwanzigsten Jahrhundert am kürzesten im Amt war, nur dreiunddreißig Tage, Johannes Paul I., hat einen der wichtigsten Sätze in der Geschichte der Kirche gesagt: ›Gott ist auch Mutter.‹ Ein grundsätzlicher Gedanke im Sinne des Urchristentums. Als Papst Luciani mit seinem zurückhaltenden, sanften ironischen Lächeln das verkündete, schauten ihn alle an, als wäre er verrückt. Man lachte über ihn, doch er hatte etwas sehr Schwerwiegendes gesagt, etwas, das alles aus den Angeln hob. Vielleicht hat er deshalb nicht mehr lange gelebt. Ein Papst mit derart klaren Gedanken und einem solchen Humor ist wirklich zu viel … Einer, der keine Verwünschungen aussendete, sondern geistreiche Sätze. Am Ende hätten die Leute noch gedacht, auch der Heilige Geist wäre zum Lachen … Ja, wirklich schade, dass Luciani so bald abtreten musste. Mit dem Papst hätte ich für den Rest meines Lebens Theater gespielt. Er verteilte unwiderstehliche Anregungen, erzählte von Pinocchio, kleidete große Wahrheiten in das Gewand von Fabeln.«

Und Ihnen haben die Fabeln immer sehr gefallen … Aber was hatten Sie, der Sohn eines Eisenbahners, der Atheist und Sozialist war, als Junge für ein Verhältnis zur Religion? Und wie hat sich das geändert?

»Meine Eltern waren an dem Thema wenig interessiert, aber tolerant. Mit der Kirche und ihren Amtsträgern wollten sie weder im Leben noch im Tode etwas zu tun haben. Beide sind nach ihrem Willen zivil beerdigt worden. Mein Heimatort war seltsam, eine Grenzregion mit freien Bewohnern, die sich nicht kümmerten, ob einer glaubte oder nicht. Die Religion gehörte zur Volkskultur, zum Naturverständnis. Natürlich gab es Gelegenheiten, darüber zu reden, aber das geschah in anderer Weise, außerhalb der Kirche und ihrer Regeln. Die Konkurrenz der Priester waren die Geschichtenerzähler. Ich entsinne mich an einen, der war großartig. Er interpretierte den Katechismus auf seine Weise. Man nannte ihn Dighel-no (›Non dirglielo‹[94]).

Außerordentlich. Er zog dich in seine Geschichten, ohne dass es dir auffiel. Er begann mit einem kleinen lokalen Ereignis und zog dich rauf bis zu Gott. Zum Beispiel die heiße Frage, dass er uns nach seinem Ebenbild erschaffen hätte. Uns alle?, fragten wir im Chor und stießen uns mit dem Ellenbogen an. Euch alle, antwortete er, mit Ausnahme von dem da. Und dann deutete er auf einen von uns. Großes Gelächter. Dann holte er die Geschichte von Adam und Eva hervor und die von Kain und Abel, bog sie zurecht wie alltägliche Ereignisse, die er auf Bauernhöfen ansiedelte, in den Wäldern und Gasthäusern. Als wäre es dein Vater, deine Mutter, deine Brüder … Ich habe immer gesagt, dass ich die Grundlagen meines Berufs bei diesen außerordentlichen Erzählern erlernt habe. Ein großer weiser Mann sagte einmal, alles hänge davon ab, wo einer geboren wurde. Bei mir hat es gestimmt. So wie die Erzählmeister vom See und die fahrenden Spielleute habe ich die andere Geschichte und das andere Evangelium erzählt. Die Episoden folgen der Struktur der priesterlichen Lehren, aber die Form und der tiefere Sinn werden abgewandelt. Nehmen wir die Auferstehung des Lazarus. Traditionell wird sie in einen makabren Mystizismus gekleidet und in kalte sakrale Atmosphäre gewickelt, während die volkstümlichen Quellen eine lebendige und unterhaltsame Geschichte erzählen. Die Leute drängeln sich um die Begräbnisstätte, schieben andere beiseite, um besser zu sehen, einer fängt an, belegte Brötchen und gebratene Fische zu verkaufen, Stühle zu vermieten an diejenigen, die nicht so lange stehen können. Dann fangen die Wetten an. Schafft er es, den Toten aus dem Grabe zu holen? Gelingt es ihm, den Toten zum Leben zu erwecken? Ja, nein, wie lange braucht er? Wenn Lazarus endlich wiederaufersteht und alle mit offenem Maul dastehen, nutzt jemand den Augenblick aus, um seinem Nachbarn die Börse zu klauen.

Die mystische Stille der Auferstehung wird von einem Schrei zerrissen: ›Diebe, Taschendiebe, mein Geld!‹«

Das Dighel-no-Evangelium nach Fo. Für die Pfaffen eine gefährliche Konkurrenz.

»Der in meinem Heimatort hatte tatsächlich nicht zu viele Kunden. So platt und langweilig, geistesabwesend, als würde er selbst nicht daran glauben, was er sagte. Dighelno dagegen glaubte, was er sagte, und wie. Aber vielleicht hatte unser echter Pfarrer andere Sorgen. Er hatte Frau und Kinder, für die er sorgen musste. Im Ort wussten alle davon, aber man machte kein Aufsehen. Noch ein Indiz für die Klugheit meiner Mitbürger. Warum sollte ein Priester nicht auch ein Mann sein, nur weil er einen Talar trägt? Nimmt er Gott oder den Gläubigen etwas weg, wenn er eine Frau liebt und eine Familie hat, wie alle anderen? Wie viel Hysterie, Fanatismus, Verbiegungen und Trauer blieben uns erspart. Auch hier geht es wieder um die übliche Sache: die Macht. Das Zölibat ist eine Methode, den Priester in der Gewalt zu haben. Wenn es dagegen Verstöße gibt, gemach! Wichtig ist nur, dass alles hinter den Mauern der Pfarrei verborgen bleibt, hinter den Klostermauern, hinter denen des Vatikans. Die Geschichte der Kirche ist voller Kinder von Priestern und Päpsten.«

Was hat Sie dann vom Glauben abgebracht?

»Schwierig zu beantworten. Ein paar negative Episoden haben mich beeindruckt. Die erste ereignete sich während meiner Zeit an der Brera, als ich die Werkstatt der Restaurateure besuchte, eine Arbeit, die mir viel Spaß machte. In unserer Kirche befand sich ein wunderbares Fresko aus dem fünfzehnten Jahrhundert, ein Maler der

Schule von Luini[95]. Es hatte stark gelitten mit der Zeit und durch einen Beichtstuhl, der davor stand. Ich überredete den Pfarrer, das Hindernis woanders hinzustellen, und begann geduldig, die Leinwand zu säubern. Etwas Bleichwasser, schwach dosiert, und langsam begannen die Farben zu leuchten. Ich war gerührt. Doch eines Tages, während ich mit Lappen und Pinseln hantierte, hörte ich hinter mir zwei Priester, die sich über die Leute aus dem Ort unterhielten und grausam und unbarmherzig über Menschen redeten, die ich gut kannte. Wunderbare, tolerante und anständige Menschen, die sich mit allen gut vertrugen. Ich war entsetzt, auch weil die zwei Priester genau wussten, wer ich war. Ihre pfäffische Überheblichkeit war offensichtlich größer als jede Vorsicht. Einige Jahre später erhielt ich noch einen Beweis. Bei Kriegsende hatte ich mich im Wald versteckt und gerettet, doch ein paar Freunde hatte man nach Deutschland verschleppt. Einer war nicht zurückgekehrt. Ein anderer starb bald nach seiner Rückkehr. Ein Schulkamerad hatte das Pech, von einem anderen Gegner erwischt zu werden – der Tuberkulose. Wir Jungen aus dem ganzen Tal gingen zu seiner Beerdigung, schulterten seine Bahre, jeder hatte eine brennende Kerze in der Hand. Als wir zur Kirche kamen, forderte uns der Priester, der offensichtlich kein Verständnis für unseren Schmerz und die Trauer hatte, auf, die Kerzen zu löschen, da das Wachs den Fußboden verschmutzen könnte. Vielleicht nur die Beschränktheit eines Landpfarrers. Aber solche Ereignisse sind verletzender als alles Gerede. Der Mangel an Mitgefühl, ihr Zynismus, ihre Unempfindlichkeit für den Schmerz anderer führen dich zu der Frage: Was sind das für Gottesmänner? Was für einen Gott meinen sie? Den Gott der Bibel? Ein schreckliches Buch, in dem dir ein Gott entgegentritt, der ein Volk auserwählt, um es zu beschützen, das als Einziges seiner Liebe würdig ist, ein Schöpfer, der dazu auffordert, andere Völker und andere Menschen anzugreifen, dazu Frauen zu steinigen und Kinder zu ermorden. Wo regierende Tyrannen schreckliche Verbrechen begehen. Als der arianische Bischof Wulfila[96] die Bibel ins Gotische übersetzte, um die germanischen Völker[97] zu christianisieren, verwarf er, als er am Buch der Könige angelangt war, das Buch mit den Worten: ›Eine solche Schrift wäre eine schädliche Lehre für mein Volk. Unsere Brüder brauchen solche Gemeinheiten nicht kennenzulernen.‹ Alles das hat mich immer weiter vom Glauben und von der Kirche entfernt. Aber ich habe mich nur von der Religion entfernt, nicht von ihren Problemen. Ich glaube, dass ich mir stets ein religiöses Verhältnis zur Welt und besonders zur Natur bewahrt habe. Wenn du auf ihren Rhythmus achtest und sie respektierst, achtest du den Geist, der in allen Dingen waltet. Du bemerkst die erhabene Synthese von Göttlichem und Irdischem, die in der außerordentlichen Intelligenz der Natur zusammenwirken.«

ALS WIR FROMME LIEDER SANGEN

Das heißt, mit der religiösen Lehre haben Sie, wenigstens ein bisschen, Umgang gehabt. Auch der schwefelige Fo hat zu manchen Zeiten Kirchen und Pfarreien besucht.

»Wie alle in Italien … Außerdem galt bei uns zu Hause die Regel, die Meinung der anderen zu respektieren und niemandem etwas einzureden. So sind meine Geschwister genau wie ich ordentlich getauft und gefirmt worden, da wir nun mal in Italien lebten. Im Übrigen ging ich öfter in die Kirche als die anderen, da ich von zehn bis zwölf im Chor sang. Ich hatte eine schöne Stimme, und der Pfarrer lud mich ein, im Kirchenchor zu singen. Eine Ehre, die man nicht ausschlagen konnte. Meine Altstimme war die tragende Stimme, und ich stand in der ersten Reihe. Der Pfarrer war stolz auf mich, stellte mich als Geschenk des Himmels dar, als der Bischof kam. Das belehrte die anderen eines Besseren, aber auch ich war mächtig stolz auf meinen musikalischen Heiligenschein, auch wenn die liturgischen Gesänge mir anfangs etwas merkwürdig vorkamen, da sie in lateinischer Sprache waren. Wenn es nach mir gegangen wäre, hätte ich die Musik geändert. Genau wie die anderen Gläubigen verstand ich nicht, was die Worte bedeuten sollten. Ich sang sie nicht anders, als ich einen Gassenhauer gesungen hätte, indem ich aus dem Gedächtnis Worte benutzte, die für mich keinen Sinn ergaben. Nach und nach begann ich dann den Sinn zu verstehen und zu schätzen. Nachts lernte ich Noten lesen und die Geheimnisse einer Partitur zu dechiffrieren. Eine musikalische Lehre, die mir später zugute kam, als ich begann, Volkslieder zu singen, und danach bei der Inszenierung von Opern auf verschiedenen Bühnen. Die Regeln der Musik sind immer dieselben, egal ob religiös oder profan.«

Ja, und als Meister der Anverwandlungen sind Sie nicht vor Übernahmen und Plagiaten zurückgeschreckt. Wer denkt da nicht an das berühmte Halleluja, das sie als Papst Bonifatius VIII. singen, wenn Sie den Mantel hinter sich herschleppen in *Mistero buffo*?

»Oh, das ist aber ein extraliturgischer Gesang aus dem elften Jahrhundert …«

Und dann intoniert Dario sein ›Al juórn del judìsi parrà qui avrà fèt servìsi‹, steht auf, erhebt seine Stimme und verwandelt sich urplötzlich in eine seiner unwiderstehlichsten Bühnenfiguren, den schrecklichen Bonifatius, den Protagonisten des Höhepunkts des Theaterstücks, das seit fast vierzig Jahren (die Erstaufführung fand 1969 im Staatstheater Mailand statt) in der ganzen Welt umjubelt wird. In China, in Indien, sogar am Nordpol, wo man fast nicht weiß, was ein Papst überhaupt ist, und sich nicht für ihre Ticks interessiert. Die unbezahlbare und internationale Ikone einer zynischen, grausamen, triumphalen kirchlichen Macht, die ihren erfolgreichsten Ausdruck in eben jener Karikatur des gregorianischen Gesanges eines Unmusikalischen findet.

»Eine Szene, die demonstriert, dass der Ton immer etwas mit der Handlung zu tun hat und die Arbeit des Schauspielers darin besteht, ihre geheimen Verbindungen aufzuspüren. Plechanow, der Erforscher der Russischen Revolution und der Volkskultur, hat festgestellt, dass dort, wo eine besondere Arbeit geleistet wird, auch Töne erzeugt werden, die die Gesten begleiten. Das Ruder der Fischer in den Sümpfen, das ins Wasser eingetaucht wird, wird in langen Metren bewegt, die dem Atem der Fischer und damit ihrem Gesang ähneln. Die Regel wiederholt sich überall, wo sich ähnliche Situationen ergeben. So ähneln die Gesänge der Lagune von Venedig in ihrer geometrischen Struktur denen der Donau und anderer Flüsse. Als ich mit dem Nuovo Canzoniere Italiano[98] zusammenarbeitete, fiel mir auf, dass man bestimmte Motive besser intonieren konnte, wenn man dazu die Gesten ausführte, zu deren Begleitung diese Lieder ursprünglich gedient hatten, denn die Geste unterstützt den Rhythmus. *Ci ragiono e canto*[99] ist so entstanden. Auch andere meiner Stücke.«

DAS LACHEN ALS TÖDLICHE WAFFE

Ihre mit großem Einsatz durchgeführten Recherchen, die unser Wissen erneuert haben, und die Dokumentation dieser Bemühungen, tragen enzyklopädische Züge. Wie verträgt sich das mit dem Stegreifspiel, das der wichtigste Schlüssel zu Ihrer Theaterkunst zu sein scheint?

»Ich möchte eines klarstellen: Die Improvisation auf der Bühne ist eine Täuschung. Es gibt für den Schauspieler nichts Anstrengenderes als das Stegreifspiel. Man muss es ausarbeiten und üben. Um den Eindruck zu erwecken, aus dem Stegreif zu spielen, muss man bestimmte Regeln sehr genau erlernen. Das ist wie beim Blues oder Jazz ... Da muss man die Zahl der Takte einhalten, wenn man improvisiert. Das Theater ist wie die Musik, die Geometrie, die Mathematik. Wenn du die Regeln nicht befolgst, machst du alles kaputt. Du riskierst, die Leute anzuöden. Aber es stimmt auch, dass man außer dieser peniblen Mechanik, die wie ein Uhrwerk arbeitet, noch etwas anderes braucht. Mit den Worten meines Freundes Jannacci: Für das Theater braucht man Ohren. Eine Gabe: Entweder du hast sie, oder du hast sie nicht. Franco Parenti zum Beispiel hatte wenig Ohr. Er war ein guter Schauspieler, aber dann ließ er sich mitreißen und erfand ohne Regeln. So machte er wunderbare Erfindungen, die im Laufe der Zeit schwächer wurden und zum Schluss keinen Biss mehr hatten.«

Aber wie macht man das, wenn einer auf der Bühne steht, wie stellt er fest, ob das, was er sagt oder tut, funktioniert oder nicht? Ob er weitermachen oder rasch umlenken muss?

»Man muss es so machen wie die Mutter, die den Ellenbogen in die Badewanne taucht, um die Temperatur zu fühlen, wenn sie ihr Kleines baden will. Der Schauspieler muss wissen, wie man den Ellenbogen ins Publikum hält, um immer wieder mal seine Stimmung festzustellen. Wenn es klappt, hast du es geschafft. Das Publikum ist unfehlbar. Es sagt dir, wo du schneiden oder leichter werden musst, wo du mehr Gas geben musst. Man muss sich stets an ein paar Regeln des Avantspektakels erinnern, das inzwischen auch in die Jahre gekommen ist. Es war eine große Trainingshalle, die Schmiede besonderer Schauspieler und Komiker. Die ›Dreier-Regel‹ zum Beispiel.«

Das müssen Sie uns erklären.

»Nehmen wir *Die Gaunereien des Scapino*[100]. An einer Stelle behaupten die Söhne, um ihre geizigen Väter zu täuschen, sie seien von Piraten entführt und beraubt worden. ›Aber was zum Teufel habt ihr auf einem Piratenschiff zu suchen?‹, fragt der knauserige Vater misstrauisch. Molière lässt ihn diese Frage im Laufe der Komödie mehrfach wiederholen. Beim zweiten Mal vollständig, beim dritten Mal verkürzt ... Später reicht eine Andeutung: ›Aber was ...‹ Und schon lachen die Zuschauer. Damit ist der ›tormentone‹[101] geboren. Er kann in einem Satz bestehen oder einer kompletten Situation. In einer meiner Hanswurstiaden, *La Parpaja Topola*[102] will die schöne Alessia ihren einfältigen und unschuldigen Ehemann in der Hochzeitsnacht loswerden, um sich mit dem Priester zu vergnügen. Sie behauptet deshalb, sie habe ihr ›Dingsda‹, ihr ›Pfläumchen‹, auf das er ganz wild ist, zu Hause bei ihrer Mutter liegen gelassen. Der Arme läuft in die Nacht hinaus, um es zu holen, und die Schwiegermutter, die mit der Braut unter einer Decke steckt, gibt ihm ein Körbchen, in dem ein Mäuschen sitzt. ›Schwör mir, dass du nicht reinschaust, und gib es direkt meiner Tochter‹, befiehlt sie ihm. Als er durch den Wald kommt, hält er es vor Neugier nicht mehr aus. Er steckt die Hand ins Körbchen, spürt etwas Weiches, Haariges, … doch schon ist das Mäuschen weg, und der Unglückliche hat den Rest der Nacht damit zu tun, das Mäuschen zu suchen. Jedem, dem er begegnet, beichtet er sein Unglück. Jedes Mal dieselbe Geschichte, dieselben Worte, nur jedes Mal etwas schneller. Schon wenn er die Geschichte zum dritten Mal erzählt, können sich die Leute vor Lachen nicht mehr halten.«

Die Gelächter, die Sie eingefahren haben, sind legendär. Wenn es stimmt, dass das Lachen nicht nur für die Seele gesund ist, dürfen wir Sie als echten Wunderdoktor bezeichnen …

»Es gibt solches Gelächter und solches. Die Kultur des Lachens zeigt uns die Qualitäten eines Volkes. Der eine kichert, und der andere macht sich in die Hosen … Mancher hat auch einen Sinn für Ironie. Er entwickelt die höchste Form des Lachens. In Italien wird sie eher selten praktiziert, in Neapel, in der Toskana, im Veneto, in der Lombardei. Das sind Leute, die die Macht nicht so ernst nehmen. Das Lachen ist nicht klassenspezifisch, man lernt es weder in der Schule noch im Salon. Die Kultur der Ironie ist durchgängig, die Bauern haben sie zu allen Zeiten verwendet. In den Hanswurstiaden und den Marienspielen, in den mündlichen Überlieferungen, die bei Hochzeiten und anderen gesellschaftlichen Ereignissen vorgetragen wurden. Regelrechte Theaterstücke, auch ohne Text. Man muss den Begriff Schauspiel weiter fassen. Wer es kann, macht auch aus einer Unterrichtsstunde ein unterhaltsames Ereignis. Theater im echten und ursprünglichen Sinn des Wortes.«

Kann aber die Komik auch weiblich sein? Die Frage mag für Sie eine Provokation sein, da Sie seit mehr als einem halben Jahrhundert zusammen mit einer der geistreichsten Frauen auftreten. Dennoch kann man sagen, dass es nur wenige komische Francas gibt: Franca Rame, Franca Valeri[103] …

»Ganz großartig, Valeri. Sie begann wirklich rein zufällig, zusammen mit Billa Zanuso, der Frau des Architekten. Großartig, wie sie Geschichten aus dem Nichts erfindet, diese sympathische hässliche und zugleich mutige Person erfunden hat. Natürlich gibt es Komikerinnen! Auch wenn in der Volkstradition der Narr immer nur ein Mann ist. Die Commedia dell'Arte, die ebenfalls einen Großteil der komischen Rollen dem Mann überlässt, hat dagegen den Frauen einige Rollen reserviert. In *Die Fiorina* zum Beispiel, einer neapolitanischen Komödie von Giovanni Battista Della Porta, stoßen wir auf einen Jüngling, der einen Spanier im Duell getötet hat und sich nun verstecken muss. Ihm hilft eine Mätresse. Sie gibt ihm Frauenkleider und führt ihn in ein Haus, wo eine sehr schöne junge Frau wohnt, die jedoch einen teuflischen Charakter hat. Hochmütig und eingebildet lehnt sie jeden Kontakt zu den Männern ab. Das seltsame Mädchen, das so schamhaft ist und sich niemals ausziehen will, das so zurückhaltend ist, dass es nicht einmal spricht, erregt dagegen die Neugier der widerspenstigen Schönen. Sie wird von Sympathie ergriffen und beschließt, dem als Frau verkleideten Jüngling die Geheimnisse der weiblichen Verführungskünste beizubringen, wie man sich küsst, wie man sich streichelt … Der Ärmste leidet Höllenqualen unter seinen Frauenkleidern, kann aber nichts machen. Sie geht so weit, ihren Busen zu entblößen, und bittet ihn, sie zu berühren, um festzustellen, ob er nicht auch findet, dass die eine kleiner sei als die andere … Ein Stück von unwiderstehlicher Komik. Das Können der Schauspielerin zeigt sich darin, dass sie Maß hält, dass sie nicht übertreibt. Was ich nicht ertrage, sind Grimassen, das Gesichterschneiden, die gezierten Gesten. Unarten, die leider weit verbreitet sind. Man darf die Leute nicht auf diese Weise zum Lachen bringen. Man muss den Kopf der Leute erreichen, nicht nur ihren Bauch. Außer Franca, Sabina Guzzanti, Angela Finocchiaro schaffen das auch etliche andere Schauspielerinnen. Es gibt also Komikerinnen. Gewiss doch. Mariangela Melato zum Beispiel hat zweifellos komische Fähigkeiten. Sie hat mit mir die Brera besucht und hat mit uns begonnen, Theater zu spielen. In *Settimo: Ruba un po meno*[104] spielt sie eine junge Prostituierte, die sich auf dem Friedhof versteckt. Dort trifft sie Franca, die eine Närrin spielt. Die zwei wurden Freundinnen. Mariangela hat Franca immer vertraut. Auf ihren Rat hin hat sie sich sogar die Nase operieren lassen. Danach hatte sie viel Erfolg …«

Das heißt, das Lachen ist schlussendlich immer eine tödliche Waffe. Es scheint wirklich die Gottesgabe zu sein. Jenes Bisschen, das den Menschen vom Tier unterscheidet.

»Ich bin Atheist, aber wenn ich mir einen Gott vorstelle, dann eingehüllt in ein homerisches, kosmisches Gelächter. Am meisten gefiel mir ein Satz, den man vor einigen Jahrzehnten auf vielen Mauern lesen konnte: ›Unser Gelächter wird euch begraben.‹ Eine Einladung, die traurige Politikerklasse auszulachen und wegzufegen. Wenn das nicht gelang, so nur deshalb, weil wir nicht genug gelacht haben. Und auf die korrekte Weise, das heißt mit der erforderlichen Menge an Klarheit und innerer Bissigkeit. Die religiöse und politische Macht lacht nie. Je absolutistischer und diktatorischer ein System ist, desto größer die Traurigkeit und Finsternis in seiner Umgebung. Wenn in einem solchen System ein Gelächter explodiert, entfaltet es die Kraft einer Bombe, die den ganzen Apparat des Terrors verreißt und die Menschen von ihrer Angst befreit. Wenn ein Kind zur Welt kommt, wird es von den Leuten drum herum nicht umsonst als Erstes angelacht und geherzt. Das Neugeborene schaut dich zunächst verblüfft an, doch dann antwortet es dir, verzieht die Lippen und beginnt, ebenfalls zu lachen. Ein Zeichen, dass seine Intelligenz erwacht ist. Ein Anfang jener wunderbaren Fähigkeit, die ganz menschlich und vielleicht göttlich ist, das Richtige vom Falschen zu unterscheiden, das Wirkliche vom Eingebildeten, die vorgetäuschte Fratze von der tatsächlichen Bedrohung. Das Lachen ist der höchste Wesenszug unserer Art, das wirklich komische Mysterium der Menschheit.«

JENES IN EINER BIBLIOTHEK ENTDECKTE MYSTERIUM

Ein komisches Mysterium, das Ihnen Glück gebracht hat. Ein Text[105], der zum Treibriemen ihrer Theaterarbeit wurde …

»Es ist das Stück, das mir den meisten Ruhm eingebracht hat, das ich am häufigsten gespielt habe, mehr als fünftausend Mal. Die Idee entstand durch eine der akademischen

Fragen, die von den Intellektuellen gelegentlich aufgegriffen werden: Gibt es eine authentische Volkskultur oder nicht? Die Frage hat mich immer verblüfft. Wie könnte man bezweifeln, dass es diesen Reichtum des kreativen Ausdrucks tatsächlich gibt. Den Beweis dafür besaß ich seit frühester Jugend, wenn ich den großartigen Geschichtenerzählern meines Heimatortes und den Liedern der umliegenden Täler zuhörte. Ich habe bereits erwähnt, dass der Rhythmus und die Kadenzen sehr vieler Volksgesänge vom Gestischen der Arbeit bestimmt werden. Jede Aktion hat ihre eigene Gestik und Metrik. So der Gesang der Seilwinder von Syrakus: ›Sciùri, sciùri, sciurìtti tutto l'anno‹[106], ein Elfsilbler. Der alte lombardische Gesang, der Bonvesin de la Riva zu seinem Lied ›Da po' che Deo savéa‹ ist ein Siebenfüßler. ›Donna lombarda‹, das Lied, das die Frauen mit der Armbewegung begleiteten, die der Geste des Unkrautjätens auf dem Getreidefeld entsprach, ist ein Strambotto[107], genau wie die hinkende Metrik der venezianischen Spaziergänger. Alle diese Lieder haben den Sinn, den Rhythmus der Gesten harmonisch vorzugeben, um die Aktionen mit minimaler Kraftanstrengung durchzuführen. Wer hat diese ursprüngliche Metrik erfunden? Gewiss nicht der Hofdichter, der sich diese Kadenzen aus Bequemlichkeit angeeignet hat. Es war das glückliche Zusammentreffen mit der Musikgruppe Nuovo Canzoniere Italiano, das mir geholfen hat, diese Zusammenhänge zu erkennen – eine Gruppe, die auf den Spuren von Pitré die Volkstraditionen untersucht und die alten Liedsammlungen in den verschiedenen Regionen gewälzt hat, von Sardinien bis zur Lombardei, von Venedig bis Calabrien. Die verschiedenen Versionen von *Ci ragiono e canto* bezeugen nicht nur diesen Weg, sondern auch den Willen, den Zusammenhang zwischen den musikalischen Traditionen der Völker der Vergangenheit und denen der modernen Arbeiterklassen herauszuarbeiten. Ich war darin so stark involviert und so begeistert und aufgeregt ob dieser fantastischen musikalischen Entdeckungen, dass sich mir die Schlüsselfrage stellte: Gib es etwas Analoges im Theater? Um die Antwort zu finden, blieb mir nichts anderes übrig, als zu den Quellen zu greifen und auf die unterdrückte Literatur zu rekurrieren, die von Schulen und Akademien stets ignoriert, verachtet und verneint wurden. Ich kannte eine Buchhandlung in Florenz, nahe des Ferkelbrunnens[108], die sich auf alte Texte spezialisiert hatte. Eine kleine Raritätenmine, die mich sündhaft anzog. In einem ihrer Regale fand ich den Faden, der mich zu dem führte, was ich suchte, Texte der Spielleute, Prozessprotokolle, Chroniken der Unterdrückung … Ich glaube, ich gab ein Vermögen aus in dieser Buchhandlung. Aber es hat sich gelohnt.«

Eine verblüffende untergegangene Kultur, die Sie ausgegraben und dann in eine neue Sprache übersetzt haben. Die Sie entsprechend den Lehren eines Ruzzante und der Spielleute neu erfunden haben. Das berühmte Grammelot[109]. Wie kam es dazu?

»Nachdem ich einige dieser wertvollen Texte entdeckt hatte, begann ich zu schreiben. Ich wusste bereits, dass diese Geschichten dem mündlichen Vortrag gedient hatten, deshalb erinnerte ich mich an die Lektionen der Commedia dell'Arte, an Ruzzante[110], Bonvesin del la Riva[111] und die großen Spielleute wie Matazone da Caligano[112], Bescapè[113], Ugo da Campione[114], daneben natürlich die Spaßmacher meiner Heimatstadt. Verzauberer der Massen mit der Gabe, sich allen verständlich zu machen, auch jenen, die ein anderes Idiom sprechen, dank völlig neuer Wortschöpfungen. Künstler mit der Gabe, über das gesprochene Wort hinauszugehen, es frei umzuformen je nach Klangfarbe und Assoziationen. Sie erschufen einen linguistischen Pastiche, überwanden die konventionellen Bedeutungen der Begriffe, verbanden sie mit mimischer Aktion und drangen in jene emotionale Zone ein, die Lachen und Weinen auslöst, Empörung und Mitleid. Das erste Stück, das ich nach dieser Formel verfasste, war die *Moritat vom Blinden und dem Krüppel*, der nicht laufen kann. Das Wort Moritat, das den Begriff Moral beinhaltet, wurde schon im Mittelalter als Synonym für Hanswurstiade gebraucht. Danach nahm ich mir den Dialog zwischen dem Erzengel und dem Betrunkenen vor, den Verrückten unterm Kreuz, die Auferstehung des Lazarus, Bonifatius VIII. Fast alles religiöse Themen, wie sie in der mittelalterlichen Kultur Usus waren, aber in einer neuen, originellen Sprache vorgetragen, so wie es die alten Clowns und Spielleute auf Plätzen und Märkten getan hatten.«

Das Manifest und Vorwort zum großen Fresko *Mistero buffo* heißt »Rose, frisch und duftend«[115], stammt von Ciullo d'Alcamo[116] und steht in jedem Schulbuch. Mit Ihren Augen gelesen, enthüllt es indessen durchaus andere Bedeutungen, als die Professoren sie uns erklären. Hinter der duftenden, raffinierten Sprache, die angeblich direkt dem Hof Friedrichs II. entstammt, steckt in Ihrer Interpretation ein skurriles, doppeldeutiges Spiel, wie es für die Spielmannsliteratur typisch ist.

»Weil diese der wahre Ursprung des Gedichts ist. ›Rose, frisch und duftend‹ ist ein Meisterstück jener großartigen ›niederen‹ Literatur, die, so sagten wir, sorgfältig an den Rand gedrängt oder verschleiert wurde. Das geschah nicht nur bei uns. Vor vielen Jahren, als ich zum ersten Mal in China war – Mao lebte noch –, erzählte mir jemand von einem Theater in Schanghai, wo Spielleute auftraten. Ich sagte unserem Reiseleiter, dass ich das sehr gern sehen würde, und so besuchten wir einen ziemlich baufälligen Saal an der Peripherie der Stadt. Man erklärte mir, dass Stück habe den Titel *Geschichte einer Tigerin*, ein Text in der Tradition des chinesischen Volkstheaters, der von einer Episode handle, die einem Soldaten widerfahren war. Im Mittelpunkt der Geschichte steht die Begegnung des Soldaten mit der Tigerin, die in China den Mut symbolisiert, die Standhaftigkeit und den Willen, bis zum Ende zu kämpfen. Oder die Kraft, die ein Volk stärker macht als jede Ideologie und jede Regierung und sei sie kommunistisch. Die Aufführung fand im Dialekt der Gegend statt, einem der tausend chinesischen Dialekte. Neben mir standen zwei Übersetzer, der erste übersetzte, was der Schauspieler erzählte, ins Mandarin, und der zweite übersetzte, was der erste gesagt hatte, ins Italienische. Während der erste Übersetzer übersetzte, musste er über den Schauspieler lachen, dann lachte der zweite Übersetzer, und wenn er mir übersetzt hatte, was der erste übersetzt hatte, lachte schließlich auch ich. Eine Art drahtloses Telefon, durch das mir ein Teil des Vergnügens am Originaltext verloren ging und das Publikum gestört wurde, sodass man zu zischen anfing, weil man sich gestört fühlte. So beschloss ich nach einiger Zeit, auf die Übersetzer zu verzichten und mich ganz auf den Schauspieler – ein wahrhaft außerordentlicher Geschichtenerzähler – zu konzentrieren, um zu verstehen, was er sagte, indem ich seine Gesten verfolgte, seine Körperbewegungen, die Bewegungen seiner Arme und Hände, aber auch die Geräusche, die er von sich gab und ihre Intensität: Schreie, Gebrüll, Gemurmel. Auf diese Weise erzählte er mir viel mehr, als jede Übersetzung der Welt. Mir war klar, dass ich einem großen Theater zuschaute und einen verblüffenden Text hörte, in dem die Tigerin die Hauptrolle spielte. Als ich nach Hause zurückkehrte, wurde aus der alten chinesischen Fabel mein Stück *Geschichte einer Tigerin*, wo der Soldat, der auf dem Langen Marsch[117] verwundet wird, sich in eine Höhle flüchtet, in der die Tigerin mit ihrem Tigerkind wohnt. Aufgrund einiger seltsamer Gründe entwickelt sich zwischen dem Katzentier und dem Mann ein enges Verhältnis, sodass sie seine Wunde leckt und er ihre Milch trinkt. Er wird geheilt, und zum Dank bietet er der Tigerin gebratenes Fleisch von anderen erjagten Tieren an – ein gastronomischer Qualitätssprung, durch den die Tigerin sich in das menschliche Leben einfühlt, sodass sie schließlich hilft, die Armee des Diktators Tschiang Kai-scheck[118] in die Flucht zu schlagen. Die Parteiführung lobt die Tigerin, erklärt sie zur Nationalheldin und verspricht, dass sie immer an der Seite des Volkes stehen werde, aber … im Zoo. Nach einigen Jahren hörte ich, dass man meine Bearbeitung der Geschichte in China aufgeführt habe und dass sie verboten worden sei. Die Situation hatte sich nach Maos Tod geändert, und die Anhänger der permanenten Revolution wurden verfolgt, in erster Linie Maos Witwe und die sogenannte Viererbande. Da meine Geschichte das wahre Antlitz der Machthaber und der Bürokraten zeigen sollte, passte sie nicht in die neue Zeit.«

Das ist das Schicksal jeder Revolution. Der Anfang ist sehr gut, danach gehen die besten Ideen auf dem Weg verloren.

»Es ist unbestreitbar, dass Mao ein großer Staatsmann war, mit einem ungewöhnlichen Einfühlungsvermögen, der fähig war, das alte Ausbeutersystem mit Kraft und Genialität umzustürzen. Das Problem ist stets, dass die Bürokratie stärker wird als der Drang zum Neuen und alles erstarren lässt. So wurde auch China hin- und hergerissen: zwischen großen ideellen und kulturellen Öffnungen und großer Unterdrückung. Auf der einen Seite wurde die Dialektik bis zum Exzess getrieben, und hier herrschte der Wunsch, alles zur Diskussion zu stellen. Auf der anderen Seite wurden dem Volk, dem die Macht hätte gehören müssen, unmenschliche Opfer abverlangt. Das ist in China passiert, und es geschah in der ehemaligen Sowjetunion, in den Ländern des ehemaligen Ostblocks. 1980, als in Berlin noch die Mauer stand, lud das Berliner Ensemble, das sich in Ostberlin befand, mich ein, die *Dreigroschenoper* zu inszenieren. Ich nahm mit Freude an und war stolz, Zutritt zum Tempel Brechts zu erhalten. Es war ausgerechnet Brechts Tochter, die als Priesterin der reinen Tradition nicht gestattete, ein Komma zu ändern. Sie stellte sich gegen meine Interpretation, die sie für zu unorthodox hielt.«

Was haben Sie angestellt?

»Nichts Respektloses. Ich dachte nur, es habe keinen Sinn, das Stück vor dem Hintergrund der Entstehungszeit aufzuführen. Die Zwanzigerjahre. Das Bild des Gangsters hatte sich geändert. Er ähnelte nicht mehr den Figuren der amerikanischen Filme der schwarzen Serie, sondern unseren Vallanzasca[119] und Turatello[120]. Die Geschäfte der neuen Mackie Messer beschränkten sich nicht auf ein paar Raubüberfälle, Zuhälterei und Zigarettenschmuggel. Sie haben auch den Drogenhandel und die Politik entdeckt. Ferner hatte ich die Musik von Kurt Weill durch Rock und Country ersetzt. Ein Sakrileg. Wir kamen in Berlin nie auf die Bühne, aber in Westdeutschland[121] war das Stück ein so großer Erfolg, dass es 1981 auch am Theater in Turin aufgeführt wurde. Um Ärger und Diskussionen mit den Inhabern der Urheberrechte zu vermeiden, nannten wir meine Bearbeitung *L'opera dello sghignazzo nach der Bettleroper von John Gay mit einigen Ideen meines Sohnes Jacopo*[122].«

DER FINGER IM AUGE DER ZENSUR

Nichts Neues unter welchem Himmel auch immer: Mit der Zensur hatten Sie stets Ärger.

»Ja, man kann sagen, dass ich in dieser Hinsicht frühreif war. Schon im Radio habe ich mich dadurch ausgezeichnet, zu Zeiten des *Poer nano*[123]. Achtzehn Folgen freches Kabarett. Der Schwerpunkt der Komödie bestand darin, dass gesicherte Positionen infrage gestellt wurden, zum Beispiel die Rhetorik, mit der Schule und Kirche ihre Geschichten verkaufen und dir bequeme stereotype Fälschungen aufschwatzen. Um irgendwo anzufangen, begann ich bei der Bibel, bei den Streitigkeiten zwischen David und Goliat, Kain und Abel, Samson und Delila. Sind wir sicher, dass es wirklich so gewesen ist? Warum sollten wir nicht die Perspektive einnehmen, die als böse abgestempelt wird? Nach der gleichen Methode untersuchte ich die Geschichte. Die ruhmreiche Gründung von Rom erschien weniger erbaulich, wenn man sie im Lichte des Bruderkampfes zwischen Romulus und Remus betrachtete. Hat Mucius Scaevola[124] sich freiwillig die Hand verbrannt oder wurde er dazu gezwungen? Der Held schlechthin, Achilles, erweist sich als hysterischer Verrückter, wenn man das Buch richtig liest, und Odysseus als gerissener Hund, der mit allen Geschäfte macht. Lang her, mag man sagen. Und doch zeigen diese alten Geschichten, wenn man sie gegen den Strich bürstet, einmalige Analogien zu politischen Ereignissen von heute. Das Echo jener vorgeschichtlichen Kriege überlagerte den Weltkrieg, der sich gerade ereignet hatte, und die Spannungen zwischen Griechen und Trojanern ließen sich leicht in die Konfrontation der zwei entstehenden Blöcke USA und UdSSR transformieren. Das heißt, die Vergangenheit verwandelte sich rasch in Gegenwart. So erhielt der Programmdirektor eines Tages einen Zettel mit der Aufschrift: ›Schluss mit Fo!‹ Drei Worte reichten, um mich abzuservieren.«

Gab es einen Skandal? Gab es Proteste?

»Aber nein. Damals wurden solche Dinge unauffällig gemacht, auf christdemokratische Art. Auch die harten Schläge wurden in Watte verpackt. Schluss mit Fo hieß Schluss mit Fo als Autor. Beim Radio durfte ich bleiben, aber nur als Schauspieler. Es war besser, wenn ein anderer

die Texte schrieb. So spielte ich in dem Stück *Il Gorgogliata*[125], eine Analogie des ›travet‹[126]. Protagonist war ein kleiner, furchtsamer Angestellter, feige, kriecherisch, ein übertriebener Lobhudler seiner Vorgesetzten. Eine Art Prototyp des Fantozzi[127]. Unterhaltsam, ja, aber naiv und bestens geeignet für eine dünne Satire, die sich auf Gemeinplätze nach dem Geschmack der Herrschenden stützt. Der gleiche Mechanismus funktioniert auf der Bühne. Die berühmten Gobbi, also das Kabarett, das aus dem Trio Franca Valeri, Alberto Bonucci und Vittorio Caprioli bestand, die sehr gekonnt die Marotten und Angewohnheiten der bürgerlichen Gesellschaft verhöhnten, wurden von der Zensur in Frieden gelassen, die mit dieser Art von Komik, die zwar ätzend war, aber substanziell unschädlich, sich gerne vermählte. Ganz anders die Komik, die zur gleichen Zeit von Parenti, Durano und mir mit dem Stück *Il dito nell'occhio* in Szene gesetzt wurde, wo unter einer scheinbar schwelgerischen Oberfläche härtere Vorwürfe erhoben wurden, gegen den Krieg, die illegale Arbeit, die Ausbeutung, die Korruption. Wir machten unsere Witze über die Vergangenheit, so wie sie in den Geschichtsbüchern dargestellt wurde, und wir befanden uns mitten in der Gegenwart. Mit der gleichen Rhetorik, den gleichen Vortäuschungen und Verfälschungen. Entsprechend den Lehren von Brecht und Toller, trugen wir die Kostüme von Persönlichkeiten, die uns als Helden überliefert wurden, und ließen ihnen dann plötzlich die Hosen runter. Ich entsinne mich einer munteren Szene: das Wagenrennen. Wir Schauspieler bildeten die stampfenden und schnaubenden Rennpferde. Ein tolles Stück, das Theater lag flach und applaudierte. Dahinter spürte man die lenkende Hand des großen französischen Pantomimen Jacques Lecoq, der an der Regie beteiligt war. Das Komische daran war, dass wir nicht gleich auffielen. Zum einen, weil es Sommer war, und da weilten auch die Zensoren am Meer. Zum anderen, weil Politiker bekanntlich fast nie den Fuß ins Theater setzen, vor allem die Rechten nicht. Die Linken, muss man zugeben, interessierten sich eher schon für die Kultur, Togliatti liebte das Theater. Auch Berlinguer liebte das Sprechtheater. Von den Lebenden ist Fassino vielleicht der Einzige, den man mit einer gewissen Regelmäßigkeit im Parkett sieht. Am häufigsten sieht man zweifellos Veltroni, aber der ist aus dem Beruf. Alle anderen ziehen es vor, jeden Abend in einer Talkshow zu sitzen und so zu tun, als würden sie sich streiten. Mit *Der Finger im Auge* gastierten wir also, dank der Ignoranz der Machthaber, vier Monate lang en suite im Piccolo Teatro in Mailand und tourten noch einmal so lange durch Italien, bevor ein Wachhund die Ohren spitzte. Ein spätes Erwachen, ausgelöst durch erregte Polemiken in den Tageszeitungen der Rechten wie der Linken, nachdem das Stück besprochen worden war. Die nunmehr gewarnte Zensur schnappte deshalb vorsorglich und unauffällig nach dem nächsten Stück, da die Saison fast beendet war: *Sani da legare*[128]. Die ETI[129], die die italienischen Theater verwaltet, veranlasste ohne Begründung, dass uns keiner der großen Theatersäle mehr vermietet werden durfte. Das heißt, sie brachen uns die Beine, ohne viel Lärm zu machen. Offiziell verboten sie uns nichts, aber praktisch verwiesen sie uns in inakzeptable Räume und überließen uns nur die Reste. Während die anderen Theatergruppen größtenteils in Theatern spielen konnten, wo ihnen ein gewisser Kartenverkauf garantiert wurde, mussten wir uns mit einem Anteil des Erlöses der tatsächlich verkauften Karten begnügen. Eine abgefeimte Methode, ganz im Stil der Person, die damals an der Spitze des Theaterministeriums stand. Er, immer er, Giulio Andreotti[130]. Er legte sich, ganz Christdemokrat, nicht nur mit uns an, sondern schlug überall rein, wo ein frischer

Wind wehte. Zu seinen Zielobjekten gehörten Inszenierungen, die in die Legende eingehen sollten, wie die *Mandragola* von Machiavelli und die *Arialda* von Testori[131].«

Letztendlich konntet ihr weitermachen, wenn auch deklassiert und ausgegrenzt. Es war das christdemokratische Italien, auf das ein Satz aus *Der Finger im Auge* zutraf: »Italien ist ein Land, wo man alles nur halb macht, sogar den Striptease.«

»Ja, aber das Tauziehen zwischen ihnen und uns war ein ungleicher Kampf. Der Atem der Zensoren belastete uns auch finanziell. Wir schwitzten Blut und Wasser, weil der Staat uns zwang, ein neues Theater zu finden. Die Kirche boykottierte uns, indem sie ihren Anhängern verbot, unsere Aufführungen zu besuchen. Jahrelang standen die Namen Fo und Rame auf der schwarzen Liste, die an allen Kirchentüren aushing, um die schrecklichen Dinge anzuzeigen, die kein braver Christ weder hören noch sehen durfte und über die er noch weniger lachen sollte. Bekanntlich haben die kirchlichen Autoritäten einen schwach entwickelten Sinn für Humor. Manchmal genügte schon ein Titel, um eine Allergie auszulösen. Zum Beispiel wurde *Erzengel flippern nicht*[132] sofort misstrauisch beäugt, obwohl es nur von den metaphysischen Abenteuern einer Gruppe engelsgleicher ›teddy boys‹ handelt, die sich auf Betrügereien spezialisiert haben. Ich spielte den Langen, einen Narren, der infolge eines der üblichen bürokratischen Irrtümer beim Einwohnermeldeamt als Hund geführt wird. Als Hühnerhund, genauer gesagt. Vergeblich alle Beschwerden, jeder Augenschein, der belegt, dass er keinen Schwanz hat und nicht bellen kann. Die Bürokratie hat ihn als Hund registriert, und dabei bleibt es. Der Staat erlaubt ihm nur eine Lösung, sich aus seiner unbequemen Lage zu befreien und nicht auf allen vieren zu laufen … den Tod.«

Eine paradoxe Geschichte. Wie kamen Sie darauf?

»Wie immer ging alles auf eine Person aus meinem Heimatort zurück. Ein Schlaumeier, der erkannt hatte, dass man davon leben konnte, wenn die Leute dachten, man wäre etwas beschränkt. Er galt als gutmütig, gab sich immer total erstaunt und tat so, als ließe er sich ständig an der Nase herumführen und hielte die anderen für überlegen. So wurde er zum Scherzartikel des Dorfes. Alle trieben mit ihm ihren Schabernack, auch den bösesten. Sie überredeten ihn sogar, eine Prostituierte zu heiraten. Im Gegenzug für den Spaß, den die anderen hatten, erhielt er eine Art Entlohnung in Naturalien. Er aß und trank umsonst, in der Bar brauchte er nicht zu bezahlen, man schenkte ihm Kleider und Schuhe und warf ihm ein Trinkgeld zu. Um sich durchzuschlagen, akzeptierte er die Rolle des Deklassierten. Ich mischte also unter einen realen Anlass, der etwas surreal war, weitere reale Ereignisse und Geschichten von Sitten und Unsitten. Wir spielten einen Monat lang im Odeon[133], also einem Theater, das der damalige Direktor Bossi, ein mutiger Mann, der nichts mit dem heutigen Bossi[134] zu tun hatte, uns anbot. Das Lustige und auch Paradoxe an der Sache war, dass im Parkett hinten jeden Abend ein paar graue resignierte Herren postiert wurden, die mit Sicherheit keine Zuschauer waren. Sie lachten nie und notierten alles. Es waren Abgesandte der Zensurbehörde, die aufpassten, dass wir nicht vom Rollenbuch abwichen. Sonst wäre das Stück verboten worden. Sie konnten zum Schluss melden: Starker Applaus, jeden Abend ausverkauft, 192 Aufführungen und 192 Verstöße gegen die Auflagen der Zensurbehörde.«[135]

Gleich darauf ereignete sich das Kapitel *Canzonissima*[136], eine echte Bombe in der schüchternen und eingeschüchterten Fernsehlandschaft jener Epoche.

»Im Jahr 1962 wurden wir engagiert, das Varieté zu leiten, das jeden Samstag in Verbindung mit der Fernsehlotterie ausgestrahlt wurde. Ein viel gesehenes Programm, das deshalb besonders überwacht wurde. Die Zensur wütete an zwei Fronten. Francas umwerfende Schönheit hieß es sofort, entspreche nicht dem üblichen Sinn für Schamhaftigkeit einer italienischen Familie. Der Makel, zwei glänzende Beine zu haben, wurde ihr nicht verziehen. Der Befehl lautete: Sie dürfen nicht zu sehen sein. Franca musste deshalb stets zwei Paar Strümpfe tragen, damit kein bisschen Haut durchschimmerte. Und es gab noch eine seltsame Regel: Sie durfte nie beide Beine zugleich zeigen. Aus dem Schlitz durfte nur ein Bein rausschauen, aber nicht beide. Den Grund dafür kenne ich bis heute nicht. Die Verbote des damaligen Fernsehens waren wirklich wunderlich, angefangen bei den Wörtern, die auf dem Index standen und nicht gebraucht werden durften: Busen, Penis, Mafia …«

Man begnügte sich aber nicht mit den Beinen und den schmutzigen Wörtern …

»Natürlich nicht. Unsere Vorstellung von Varieté unterschied sich grundlegend von der ihrigen. Schon der Vorspann gab einen Vorgeschmack auf das, was gleich danach auf dem Bildschirm zu sehen war. Eine Filmsequenz des Regisseurs Vito Molinari: Hausfrauen und Arbeiter, Rennradfahrer und kleine Kinder, Soldaten, Straßenkehrer, Bergleute, Waisenkinder und Witwen … Alles sangesfreudig begleitet von einem kleinen ironischen Marsch im amerikanischen Stil, komponiert von dem genialen Musiker Fiorenzo Carpi[137]. Am Schluss dann ein Feuerwerk, das von der Explosion einer Atombombe gekrönt wurde. Die Zuschauer waren vorgewarnt: Das, was ihnen bevorstand, war das explosivste Varieté, das je in Italien über den Sender ging. Tatsächlich wurde mit Scherzen und Lachen über Dinge gesprochen, die man auf diesen Bildschirmen nie gesehen hatte: die Probleme der Arbeiter, die Berufskrankheiten der Fabrikarbeiter sind, die alltäglichen Gefahren auf den Baustellen … Alles mit leichter Hand erzählt, unterhaltsam, aber mit seriös ermittelten Informationen und nicht nur zufälligen Bezügen. Italien merkte plötzlich, dass am Samstagabend das wirkliche Leben über den Sender ging. Wahrhaftig, wirklich, schwierig, skandalös. Es war ein unglaublicher Erfolg. Um neun Uhr abends hielt das Land inne. Sogar die Taxifahrer hörten auf zu arbeiten, und da man zu Hause noch keinen Fernseher hatte, wurden die Bars gestürmt. Die Direktion der RAI, die damals von einem gewissen Bernabei[138] geleitet wurde, bekam es mit der Angst zu tun, und obwohl alle Texte vorher genehmigt werden mussten, hagelte es Schnitte. Franca spielte einen Sketch über die Mafia. Die Geschichte handelte von einem Dorf in Sizilien, wo man die Uhr nach den Schießereien einstellte. ›Es ist halb zwölf, sie haben gerade einen Gewerkschaftssekretär erschossen.‹ Der Sketch entfachte einen Weltuntergang. Wir erhielten blutverschmierte Briefe mit der Aufschrift: ›Wer mit der Mafia scherzt, stirbt durch die Mafia.‹ Am meisten regte sich nicht etwa ein Christdemokrat auf, sondern ein Liberaler namens Giovanni Malagodi, ein Senator. Er redete im Parlament und forderte, den Ausschuss für die Überwachung des Fernsehens einzuschalten. Er sagte: ›Hier wird die Ehre des ganzen sizilianischen Volkes beschmutzt, indem man behauptet, es gebe so etwas wie eine kriminelle Organisation namens Mafia.‹ Eine Rede, mit der er mehr als irgendeinem einen Gefallen tun wollte. 1985 wurde dieser Malagodi wegen seiner Verdienste für die Politik zum Senator auf Lebenszeit ernannt. Eine Ehrung, die er unmittelbar von Andreotti erhielt, der zu jener Zeit Ministerpräsident war. Unter Ehrenmännern[139] versteht man sich immer.«

Um auf die *Canzonissima* zurückzukommen: Ihr hattet also den Fuß im Fernsehen, ohne klein beizugeben. Wie endete die Sache?

»Nachdem die Polemik einmal begonnen hatte, wurden die Warnungen immer ernster und schauerlicher. Morddrohungen, man drohte, unseren Sohn Jacopo zu entführen, der damals sieben Jahre alt war, und wollte ihn uns zu Weihnachten in Stücke zerhackt zurückschicken. Blutverschmierte Drohbriefe. Man schickte uns sogar einen kleinen Sarg, der bei uns zu Hause abgegeben wurde. Wir waren an Beleidigungen und an die Zensur gewöhnt und machten nicht viel Aufhebens davon, aber um unseren Sohn Jacopo machten wir uns Sorgen, und monatelang begleiteten nicht nur wir ihn zur Schule, sondern auch die Polizei. Eine angespannte Situation. Unser Sohn war in einem Alter, in dem man schon viele Dinge versteht, aber eben deshalb ist man auch leicht erregbar. Schließlich erhielten wir alle drei Begleitschutz. Mit dem Varieté wurde es auch immer schwieriger. Das Textbuch, das wir vor jeder Sendung einreichen mussten, kam verstümmelt zurück. Die achte Folge wurde am stärksten gekürzt. Besonders störte sie eine kleine Szene, die vermutlich auch heute noch zensiert werden würde. Sie richtete sich gegen die Bauwirtschaft und nahm die Bauunternehmer aufs Korn, die sich nicht um die Sicherheitsvorschriften kümmern und dadurch schwere Arbeitsunfälle herbeiführen, die häufig tödlich enden, die sogenannten ›weißen Toten‹. Ich wollte einen Bauunternehmer aus der Lombardei spielen, einen Fettwanst mit dicken Ringen an den Fingern, der einen heftigen Schreck bekommt, als einer seiner Arbeiter vom Gerüst fällt. Er ist verzweifelt, bereut, verspricht, sich zu bessern und in Zukunft die Vorschriften einzuhalten. Als er jedoch erfährt, dass der Ärmste überleben wird, wenn auch verkrüppelt, macht er eine Gegenrechnung auf, was es ihn kosten würde, die Sicherheitsvorschriften einzuhalten, und wie hoch das Prozessrisiko ist, und zum Schluss weist er seinen Bauleiter an: ›He, sag den Arbeitern, wenn noch mal einer vom Gerüst fällt, schlage ich ihm den Schädel ein.‹ Also ein heißes Thema in den Jahren des Baubooms, denn die Zahlen der weißen Toten waren schon damals so hoch wie heute. Angeheizt wurde die Situation dadurch, dass in der Zeit gerade ein Arbeitskampf in der Bauindustrie stattfand und dass die Arbeiter schon begonnen hatten, zu streiken.«

Wenn der Sketch zur besten Sendezeit über den Äther gegangen wäre, hätte man einen Aufstand riskiert.

»Ja, gewiss. Sowie die römische Chefetage der RAI den Sketch gesehen hatte, verlangte sie, dass er aus dem Programm gestrichen wurde. Ferner ein Stück über die Prostitution. Franca und ich schauten uns in die Augen und entschieden: Jetzt langt es. So konnten wir nicht auf Sendung gehen. Von unserem Text war fast nichts übrig geblieben. Er war weg. Es blieben wenige Minuten bis zum Beginn der *Canzonissima*. Im Studio herrschte eine enorme Spannung. Halb Italien saß vor den Fernsehern und wartete, was geschehen würde. In letzter Minute verlangen wir die Rücknahme der Kürzungen. Die RAI besteht darauf. Für uns ist die *Canzonissima* gestorben. So ging diese Folge über den Sender ohne Moderatoren und ohne Texte, nur die Schlager des Wettbewerbs. Die Ansagerin verkündet: Franca Rame und Dario Fo haben sich zurückgezogen. Der Saal protestiert, so etwas hatte es noch nicht gegeben. Wenn die Zensoren gedacht hatten, sie könnten den Skandal unterdrücken und totschweigen, hatten sie sich geirrt. Einen Augenblick nach Verkündung unserer Entscheidung, hagelte es bei der RAI und den Tageszeitungen Unterstützungsbotschaften. Briefe, Telefonate von bekannten Persönlichkeiten, aber auch von einfachen Bürgern, die wütend waren. Eine unglaubliche Demonstration der Solidarität, mit der die Macht nicht gerechnet hatte. Eiligst und wutentbrannt suchte die RAI einen Ersatz für uns. Aber das Programm, nach dem alle sich die Finger abgeleckt hätten, machte keinem mehr Appetit. Alle italienischen Schauspieler folgten der Empfehlung des SAI (der Schauspielergewerkschaft, die von Tino Buazelli[140] geleitet wurde) und weigerten sich, unseren Platz einzunehmen. Sie fragten Gino Bramieri[141] und Walter Chiari[142]. Nichts zu machen. Sie versuchten es sogar im Ausland bei Yves Montand und Henri Salvador[143]. Aber auch die sagten ab, was die Direktoren der RAI und ihre politischen Auftraggeber noch mehr verärgerte. Der Skandal stand auf der ersten Seite aller Zeitungen und beschäftigte das Parlament. Die Sekretäre der vier Regierungsparteien Aldo Moro[144], Pietro Nenni[145], Giuseppe Saragat[146] und Oronzo Reale[147] unterbrachen ihr Gipfelgespräch, um sich mit der RAI zu beschäftigen. Rechte und Linke kriegten sich in die Haare. Die RAI verklagte uns, zerrte uns in eine Menge Prozesse, zwei wurden von uns gewonnen, ein Urteil wurde in der Revision verworfen, den vierten Prozess gewann die RAI. Wir wurden verurteilt, Milliarden[148] Schadensersatz zu leisten. Sechzehn Jahre lang durften wir nicht im Fernsehen auftreten, nicht im Radio, nicht einmal in einem Werbespot. Als der Direktor des zweiten Programms, Massimo Fichera, uns 1977 einlud, wieder im Fernsehen aufzutreten, war unsere erste Bedingung: Keine Zensur. So wurde in einem Sender *Mistero buffo* ausgestrahlt und auf dem anderen, um die Gemüter zu beruhigen, der Jesusfilm von Zeffirelli. Und abermals war Italien in zwei Lager gespalten.«

Auf der Bühne wurden jene Jahre dagegen von einem sehr viel politischeren Theater geprägt, das der Gegeninformation diente und das Sie entscheidend geprägt haben. Das an die tägliche Berichterstattung und die Sozialkritik geknüpft war. Das dann Schule machte und von Interpreten wie Marco Paolini, Laura Curino, Marco Baliani, Ascanio Celestini, Paolo Rossi weitergeführt wurde. Und natürlich Beppe Grillo …

»Namen, die ich sehr schätze, und ich bin stolz, ihnen einen Weg gezeigt zu haben. Was mich betrifft, glaube ich, dass auch die zwei Jahre, die ich beim Film und beim Fernsehen gearbeitet habe, für meine Entwicklung bestimmend waren, als Schauspieler, Drehbuchautor und Verfasser von Werbefilmen. Eine wichtige Lehrzeit, auf die ich stolz bin, eine große Einübung in die Synthese. Man lernt, eine ganze Geschichte auf kleinstem Raum zu erzählen und dabei den Rhythmus zu gewichten und die Komik. Zwei Schlüsseljahre, so viel wert wie zehn. Eine Erfahrung, die mein ganzes Theaterleben gezeichnet hat.«

So haben Sie, ebenfalls im Theater Odeon in Mailand, im Jahr 1963 das Stück *Isabella, drei Karavellen und ein Scharlatan* auf die Bühne gebracht – eine Revision der Entdeckung Amerikas, die mit der rhetorischen und patriotistischen Epopöe der heroischen Konquistadoren aufräumt. Ein Thema, das Ihnen so am Herzen liegt, dass Sie es Jahre später mit dem Stück *Johan vom Po entdeckt Amerika* noch einmal aufgegriffen haben, um ein weiteres Kapitel der verschwiegenen Geschichte aufzuschlagen – den Widerstand der indianischen Völker gegen die blutige europäische Invasion.

»Das erste Stück war das Ergebnis einer langen historischen Untersuchung über das Leben des Kolumbus wie auch den Hof der Isabella von Kastilien. Ein unaufgeklärtes Königreich, das grausame ethnische Säuberungen gegen die Araber und die Juden in Spanien veranstaltete. Die Schlüsse, zu denen ich gelangte, warfen alles, was man uns in der Schule gelehrt hatte, drastisch über den Haufen. Der Rechten sträubten sich die Haare, als wir ein Herzstück unserer Geschichte derart demystifizierten. Als wir mit dem Stück nach Rom kamen, erwartete uns eine Gruppe Faschisten am Ausgang des Teatro Valle und wurde handgreiflich. Wir entkamen ihnen dank der Unterstützung einiger Genossen, die sich ins Getümmel warfen. Dass die weiteren Aufführungen stattfinden konnten, garantierten uns einige Arbeiter und Kämpfer der Kommunistischen Partei, die immer im Saal waren.«

Die Kommunistische Partei stand allerdings nicht immer hinter Euch. Es gab Stücke, da kam die Zensur auch von links.

»Die Krise der Partei nach dem Einmarsch der Russen in die Tschechoslowakei konnte uns nicht unberührt lassen. Wir widerriefen zum Zeichen unserer Empörung die Erlaubnis, unsere Texte in der Tschechoslowakei aufzuführen, da sie von diesem Moment an, wie in der Sowjetunion, der

Vorzensur unterlagen, bevor sie aufgeführt werden konnten. Und da ich bereits von unserer hauseigenen Zensur die Nase voll hatte, packte ich den Stier bei den Hörnern und sagte Nein zu sämtlichen Aufführungen meiner Arbeiten in sämtlichen Staaten des Ostblocks. Das Echo jener Spannungen vermischte sich mit dem Ferment der Achtundsechziger und beschäftigte auch uns. Als Franca am 3. November 1969 im Theater der Jugend in Genua mit einem neuen Stück auftrat – *Der Arbeiter kennt dreihundert Worte, der Unternehmer tausend, deshalb ist er der Unternehmer* und dazu mit zwei Einaktern *Fessele mich nur, ich werde doch alles kaputt schlagen* und *Die Beisetzung des Unternehmers* –, wurde die Tournee von der Spitze der Kommunistischen Partei boykottiert, da sie alarmiert war durch unsere Kritik am Stalinismus, die wir vortrugen, und andererseits auch von unserer Kritik an den sozialdemokratischen Positionen der Partei. Auf die Weise platzten etwa zehn Spielstätten, einschließlich der Arbeitskammer in Mailand. Wie üblich verloren wir nicht den Mut und fanden rasch Abhilfe. Wir endeten in einem … Zirkus. Der Zirkus Medini lieh uns sein Chapiteau[149] (die wilden Tiere saßen wohlverwahrt in den Käfigen drumherum) und Franca konnte ihre Aufführungen fortsetzen. Mit Unterstützung der Basis der Kommunistischen Partei und der außerparlamentarischen Linken. Franca, seit langer Zeit Parteimitglied, war erschüttert und gab ihr Parteibuch zurück. Direkt bei Enrico Berlinguer[150].«

LAUFBURSCHEN DER AUSBEUTERKLASSE

»Ich hingegen war nie Mitglied einer Partei. Das Bedürfnis, ein Parteibuch in der Tasche zu tragen, habe ich nie verspürt. Die Kirchen sind nicht meine Sache, weder die rechten noch die linken. Von den vielen Parteien, die in unserem Land auf die Welt kamen und wieder verstarben, hat mich letztendlich keine sonderlich überzeugt. Ich wollte immer verstehen, was passiert, und ich glaube, dazu muss man unabhängig sein, frei von jeder Bindung an Richtlinien und die Kontrolle durch irgendein Zentralkomitee. Parteien haben immer Spitzen, und ich mag keine Spitzen, keine Gipfel, keine Kuppeln. Wenn du dich dort oben befindest, ist es schwierig zu erkennen, was weiter unten geschieht. Besser also im Tal bleiben, an der Basis, bei den normalen Menschen. Meistens sind sie ganz anders und sehr viel besser, als es sich die oben vorstellen. Ich habe die wirkliche Politik gesehen und getroffen. Im Theater und auf den Plätzen habe ich sogar welche gemacht.

Als wir die institutionellen Theater verlassen mussten, haben Franca und ich jahrelang an unüblichen Stellen Theater gemacht. In Fabriken, Sportpalästen, Kinos, in Räumen, die damals ›Casa del popolo‹[151] genannt wurden. Wir brachten unsere Stücke überall hin, und sie entstanden aus den Themen, die vom Publikum vorgeschlagen wurden. Und nach der Aufführung wurde an Ort und Stelle mit den Leuten darüber diskutiert, was sie gerade auf der Bühne gesehen hatten. Und da prallten wirklich die Meinungen aufeinander. Zum Beispiel *Fessele mich nur, ich werde doch alles kaputt schlagen*. Das Stück stieß mit einem

Schlag gleich zwei Stachel ins Herz der Nation der späten Sechzigerjahre: die Pille und die Schwarzarbeit. Nicht nur die Kirche hielt die Verhütungspille für Teufelswerk, auch viele Männer, sogar Linke, die sich vor der unerwarteten, heimtückischen Freiheit ihrer Frauen fürchteten. Noch glitschiger war der Diskurs über die Schwarzarbeit. Im Italien der Boom-Jahre vegetierten viele, Frauen vor allem, hinter ihren häuslichen vier Wänden dahin und schnitten zu, webten oder nähten für eine Handvoll Lire ohne arbeitsrechtliche Sicherheit irgendwelcher Art. In den roten Regionen, zum Beispiel in der Gegend von Carpi[152], wo alle, aber wirklich alle Kommunisten waren – wer organisierte da diese Arbeit? Wer lieferte den armen Heimarbeiterinnen das nötige Material, die Stoffe, die Wolle, die Maschinen, für die sie bis an ihr Lebensende Raten abzahlten? Es waren die Genossen, die sich ohne große Skrupel in getreue Handlanger des Kapitals verwandelten. Alle wussten es, einschließlich der Parteiführung, die so tat, als würde sie nichts sehen und nichts hören und die Schweinerei deckte. Logisch, dass es ihnen keinen Spaß machte, wenn diese Dinge auf der Bühne vor aller Augen ausgebreitet wurden. Mehr als einmal wollte man uns zum Schweigen bringen, indem man vor uns die Türen verschloss, wo wir den Saal gemietet hatten, indem kritische Beobachter uns Vorwürfe machten … ›Dario, du solltest nicht so viel reden‹, sagte Pajetta[153] eines Tages und versuchte die Wogen zu glätten. ›Gewisse Probleme müssen diskutiert werden, aber ja, doch unter uns.‹ Eine Philosophie, die sich nicht sonderlich unterscheidet von Andreottis ›Nestbeschmutzern‹. Die KPI erkannte, dass wir nicht mehr kontrollierbar waren und versuchte deshalb mehrfach, uns auszuschalten. Sie schuf solche Bedingungen, dass wir aus der ARCI[154] austreten mussten, deren Volkshäuser damals ein wichtiger Motor der Recherche und Debatte waren. Sie versuchten uns durch andere Theatergruppen zu ersetzen (Leute, die zum Teil früher zu uns gehört hatten). Aber keine blieb richtig dabei. Nur eine Gruppe, die eng mit der KP verbunden war, hielt einige Jahre lang durch. Brave, anständige Leute, die ausgezeichnete Sachen machten. Ihr Fehler war, dass sie sich einfangen ließen. Theater kann man nicht unter Kontrolle einer Partei spielen. Wir pfiffen darauf. Ob die KPI mit uns einverstanden war oder nicht, störte uns nicht. Unser Adressat war ein anderer: die Leute.«

Leute, die in dem sehr speziellen Theater, das Sie geschaffen haben und das Ihnen ähnlich sieht, einen unerhörten Freiraum der Information und der Gegenäußerung fanden. Das unerwartete Schleusen öffnete. Das Gedanken und verschüttete Gefühle hervorsprudeln ließ.

»Die Gespräche, die tagsüber unzulässig waren, nicht opportun, ›revisionistisch‹, sprudelten in der Nacht plötzlich nach dem therapeutischen Katarakt des Gelächters in all ihrer harten und rohen Wahrhaftigkeit. Die weißen Toten, die Berufskrankheiten, der tatsächliche Schutz der Gesundheit in den Fabriken … O ja, an diesen späten Abenden, die wir in heruntergekommenen Sälen verbrachten, die oft eiskalt waren, haben sich wirklich schöne Sachen ereignet.«

Das Geheimnis dieses Theaters außerhalb des Theaters bestand darin, dass die Träume und Bedürfnisse des Publikums reflektiert wurden, dass ihnen Zusammenhalt und unerwartete Kraft gegeben wurde, und dass gelegentlich etwas bewusst wurde, in sozialer und privater Hinsicht. Sodass der Zuschauer in einen Schauspieler verwandelt wurde. Im etymologischen Sinne: »Jemand, der etwas tut.«

»Unsere Aufgabe bestand darin, die Stimmungen und die Anstöße, die von der Realität ausgingen, aufzufangen, um abends den richtigen Text zu spielen und ihn so mit Paradoxien aufzupeppen, dass er noch wahrheitsgetreuer wurde. Eines Abends zum Beispiel spielten wir in Intra[155] auf Einladung der streikenden Arbeiter der Rhodiatoce[156], die auf Kunstfasern spezialisiert war. Wir kamen mit *Ordine! Per dio.000.000*, ein Stück, das die Gefahr der Arbeit mit bestimmten chemischen Substanzen thematisiert. Tags drauf spielten wir in einer anderen Fabrik mit anderen Problemen, also wurde unser Text abgeändert und der neuen Situation angepasst. Jeder unserer Titel bot somit eine unendliche Anzahl an Versionen. Wir teilten uns damals in drei Theatergruppen, um den vielen Anfragen gerecht zu werden. Jede Gruppe konnte vier bis fünf Stücke spielen, die jede Saison erneuert wurden. Tagsüber wurde das Bühnenbild auf- und nachts, nach der Vorstellung, wieder abgebaut. Wir arbeiteten von morgens um acht bis nachts um drei. Sobald eine Gruppe abreiste, konnte die nächste anreisen, mit einem anderen Stück. Ein Stafettenlauf ohne einen Augenblick Pause, in unglaublicher Geschwindigkeit wurden die Stücke geschrieben und einstudiert, immer am Puls der Zeit. Die Bonmots wurden Abend für Abend gefeilt und ausgewechselt, oft erst kurz bevor der Vorhang geöffnet wurde. Die Produktion lief auf Hochtouren, doch am wichtigsten war uns das Danach. Die künstlerische Provokation sollte ja das Publikum veranlassen nachzudenken und zu diskutieren. Ich glaube, das war damals das erste Mal, dass politisches Theater im wahren Sinn des Wortes systematisch in Szene gesetzt wurde.«

Ein maßgeschneidertes Theater, auf den Leib geschnitten und genäht, wie ein Kleid eines begabten Schneiders. Mit oftmals überraschenden Details.

»An einen Abend in einem Dorf in Piemont erinnere ich mich besonders. Noch jetzt, da ich darüber nachdenke, überfällt mich eine gewisse Erregung. Viele Arbeiter von FIAT, die uns sehen wollten, hatten im Vorverkauf Karten bestellt. Deshalb spielten wir *Fessele mich nur, ich werde trotzdem alles kaputt schlagen* in einer neuen Fassung mit einer wesentlichen Variante. Die Hauptperson, Franca, hatte nicht nur die Probleme der ersten Textfassung. In der Neufassung hat sie auch Probleme mit ihrem Mann, der in der Autopoliererei arbeitet. Infolge der ständigen Vibrationen der rotierenden Poliermaschine, droht er impotent zu werden. Also eine nicht nur lästige, sondern auch schwere Krankheit. Die Arbeiter scheuten sich, darüber zu sprechen. Wenn sie mit ihren Frauen im Bett lagen, erfanden sie unglaubliche Geschichten, um ihr Problem zu vertuschen. Mit der Folge, dass ihnen nicht geglaubt wurde und dass ihre Lebensgefährtinnen Verdacht schöpften und davon überzeugt waren, dass die chronische Schwäche ihrer Männer anderweitige Ursachen hätte. So kam es, dass am Ende unserer Komödie, die eher eine Farce im Stil von Labiche oder Feydeau zu sein schien, jemand im Publikum die Hand hob und ein junger Arbeiter, vielleicht fünfundzwanzig oder dreißig Jahre alt, ums Wort bat. Sehr blass, die Stimme gebrochen vor Erregung, sodass er kaum reden konnte. ›Seit Monaten‹, bekennt er, ›hängt bei uns der Haussegen schief. Meine Frau ist davon überzeugt, dass ich eine Geliebte habe.‹ Beklemmende Pause. Dann wendet er sich an die Frau, die neben ihm sitzt, fixiert sie und fährt fort: ›Schau, Liebes.‹ Dabei deutet er mit dem Finger auf die Bühne. ›In Wahrheit geht es mir so wie dem Arbeiter in dem Stück. Der Arbeiter in dem Stück bin ich.‹ Im Saal schreckliches Schweigen. Er setzt sich wieder und fängt an, zu weinen.«

Ist so etwas öfter geschehen?

»Einige Thesen aus *Zufälliger Tod eines Anarchisten*[157] missfielen tatsächlich der KPI. Sie hegte ein übertriebenes Vertrauen in die Justiz und meinte, man müsse die Staatsanwälte und Richter machen lassen. So werde früher oder später mit Sicherheit Licht in die Affäre kommen. Eine ebenso emphatische wie unwahrscheinliche Behauptung, die wir zu einem *running gag*[158] machten. Jeden Abend rief einer von der Bühne: ›Bitte Licht!‹ Und wir antworteten im Chor: ›Da müsst ihr die Kommunistische Partei anrufen, die weiß, wie man Licht in die Sache bringt!‹ Sie bringt Licht rein, schweigt und scheut sich immer davor, Stellung zu beziehen. Als wir mit unserem Stück *Klopf, klopf! Wer da? Die Polizei!*[159] die sogenannten spezialen Dienste attackierten – das für kriminelle Praktiken zuständige Büro –, empfahl die vorsichtige KPI, die geheimdienstlichen Machenschaften unter den Teppich zu kehren und Schwamm drüber.«

Welchen der damaligen Parteiführer haben Sie am meisten geschätzt?

»Nach dem Krieg war Berlinguer der beste und ehrlichste. Sein Tod markiert nicht zufällig den Anfang vom aufhaltbar scheinenden Ende. In den Jahren davor gefällt mir dagegen Pertini am meisten – ein echter Sozialist, im schönsten und edelsten Sinn des Wortes. Der beste Präsident, den Italien jemals hatte. Auch Natta[160] war ein guter Mann. Mit Pajetta haben wir uns oft und heftig gestritten, aber er war zweifellos eine markante Persönlichkeit. Togliatti[161] ist mit Sicherheit verantwortlich für viele Fehler, aber man muss bedenken, dass Stalin sein Gesprächspartner war … einer, der die Fragen der Dialektik mit der

Flinte mit abgesägten Läufen[162] löste. Man muss ihm jedoch zugute halten, dass er der KP der Sowjetunion einen Nierenschlag verpasste, um sich von ihrem Einfluss zu befreien. Togliatti liebte, wie ich schon sagte, das Theater, schätzte unsere Arbeit und schaute sich oft unsere Inszenierungen an.«

Einen Augenblick lang schien es dann so, als würde der Wind sich tatsächlich drehen. 1968 schien es schlagartig möglich zu sein, Träume und Utopien in Wirklichkeit zu verwandeln.

»1968 waren alle Genossen. Alle hatten eine rote Fahne. Für viele, die an der Bewegung teilnahmen, war es ein ehrlicher Aufbruch, eine wunderbare Explosion und das Interesse für eine Politik von unten, die vom Volk ausging, das zum ersten Mal entschlossen war, an der Schaffung einer wahren Demokratie teilzunehmen. Trotz aller Rhetorik und Neigung zu Velleitäten, die die Bewegung mit sich brachte, kann man nicht bestreiten, dass 1968 eine beispiellose Turbine war. Für denjenigen, der die Jahre miterlebt hat, ein großartiges Ereignis. Für andere war es eine Gelegenheit für ein doppeltes und dreifaches Spiel zum eigenen Vorteil. Ich meine jene, die sich als harte und reine Linke darstellten. Man weiß, wie sie sich etabliert haben. Die Liguori[163], die Ferrara[164] … Leute mit einem eindrucksvollen Zynismus, Wetterhähne … Unglaublich, wie beweglich Ferrara ist, mit seinem Körpergewicht. Wie er sich verstecken und verwandeln kann. Ihm gebührt ein Riesenbeifall!

Oder Aldo Brandirali[165], der heute in den Reihen der ›Forza Italia‹[166] steht, auch er ›Kommunion und Befreiung‹[167]. Früher: dem Volke dienen.[168] Jetzt: dem Chef dienen. Gleich als das erste Berlusconische Windchen wehte, bibberte die ganze Vogelschar, weil sie merkten, dass das Schiffchen, in dem sie saßen, unterzugehen drohte. Aneinandergeklammert wie auf einem Floß der Medusa, von Entsetzen gepackt bei dem Gedanken, ins Meer geschleudert zu werden, und jederzeit bereit, sich gegenseitig die Schuld zu geben und alle denkbaren Gemeinheiten vorzuwerfen.«

Da wir in einer Kultur des Recyclings leben, ohne Vorurteile gegen Vorbestrafte, war es immer nur ein Schritt vom Faschisten zum Christdemokraten, zum Sozialisten und zur Forza Italia. Aber Berlusconis Brandzeichen wird man wohl am schwersten los …

»Ich will unsere nationale Neigung zum Glücksspiel[169] nicht unterbewerten. Die Verwandlungskunst mancher Politiker ließe einen Fregoli[170] erblassen. Ich wette, demnächst wird der Ex-Genosse Biondi[171], der sich später von Silvio keilen ließ, seinem feisten Mondgesicht das lieblichste aller Lächeln aufsetzen und ausrufen: ›Silvio Berlusconi? Wer ist das?‹ Und mit ihm wer weiß wie viele andere. Sie merken es sofort, wenn ein Schiff untergeht, wie schon Majakowski sagte: Als Erstes gehen die Ratten von Bord, dann die Nutten und gleich danach die Politiker und Intellektuellen. Sie schubsen sich um die Wette, denn jeder will der Erste sein. Am grausamsten sind die Politiker gegen ihre früheren Anführer, von denen sie gezwungen wurden, eine Menge Kröten zu schlucken, unter dem Vorwand, sie wären die Quelle des Lichts. Mussolini, Napoleon, Julius Cäsar – alle wurden sie von ihren Getreuen im Stich gelassen. Die Geschichte wiederholt sich nicht, aber sie ähnelt sich. Mal als Tragödie und mal als Farce. Hier war es eine italienische Farce[172].«

Auch Sie haben sich einen politischen Ausrutscher geleistet als junger Mann. Eine Zeit lang haben Sie zur ›Republik von Salò‹[173] gehört – wenn auch nur kurz.

»Sieben Monate Angst und Schrecken, ein kurzes Zwischenspiel. Ich habe das nicht bestritten. Ich bin Jahrgang 1926, also war ich achtzehn Jahre alt. Die Republik von Salò startete eine vorzeitige Rekrutierung, um möglichst viele Jungs einzufangen. Ich drückte mich, so lange es ging. Ich hätte in die Schweiz fliehen müssen. Ich stellte mich, um meine Haut zu retten, aber auch, damit kein Verdacht auf meinen Vater fiel, der einer der Verantwortlichen des CLN[174] am oberen Lago Maggiore war. Ich kam zur Flugabwehr in Varese. Eine heruntergekommene Einheit, die nicht mal Geschütze besaß. Ein Überbleibsel der alten Armee. Es schien ein ruhiger Posten zu sein, nicht sonderlich exponiert. Dann aber verlud man uns auf einen Güterzug und warf uns in eine Kaserne in Mestre, wo man uns in deutsche Uniformen steckte und der Wehrmacht des Deutschen Reiches überstellte, die uns richtig ausbilden sollte. In Wirklichkeit wollten sie uns eher als Handlanger beschäftigen, als Hilfsarbeiter für die Beseitigung von Trümmern und als Leichensammler nach Luftangriffen, denn dass man ihnen Subjekte überstellt hatte, die gewiss nicht von bester kriegerischer Qualität waren, das sahen sie sofort. Die Arbeit war schlecht, zugegeben, aber wir brauchten wenigstens keine Waffen zu tragen. Dann wollten sie uns nach Deutschland verschieben, wo wir die Artilleristen ersetzen sollten, die bei den Bombenangriffen ums Leben kamen. Ich hielt das für den richtigen Augenblick für einen Tapetenwechsel. In Tradate, einem Ort in der Nähe, befand sich eine Schule für Fallschirmspringer, wo schon etliche junge Leute wie ich untergekommen waren, die alles getan hätten, um ihre Haut zu retten und heil nach Hause zu kommen. Ich entdeckte in mir eine wunderbare Berufung zum Fallschirmspringen. Vierzig Tage lang dauerte die Ausbildung, dann beschloss ich, alles auf eine Karte zu setzen und desertierte. Einen kompletten Monat lang versteckte ich mich auf dem Speicher eines alten Hauses, das auf halber Höhe zum Gebirge in einem Wald versteckt lag. Allein, das Herz im Hals und immer in Angst, im nächsten Augenblick geschnappt zu werden. Die Tiere des Waldes halfen mir. Ich gab ihnen meine Essensreste, und sie waren meine Späher, ohne es zu wissen. Wenn jemand sich dem Haus näherte, warnten sie mich durch ihre Schreie und ihr Gepiepe und flatterten auf die Bäume.«

Eine schwierige Erfahrung, die Sie nicht vergessen haben …

»Wenn ich geschnappt worden wäre, hätte ich Felix, meinen Vater, in große Schwierigkeiten gestürzt. Er war Partisan, und er hatte als Bahnhofsvorsteher englischen Soldaten und verfolgten Juden dabei geholfen, in die Schweiz zu flüchten. Auch Leo Wachter, dem das Theater Ciak in Mailand gehörte und der mit der goldenen Ehrennadel der Widerstandsbewegung ausgezeichnet wurde. Er fand in unserem Hause Zuflucht, als er verwundet wurde.«

Die Geschichte unterscheidet sich sehr von der Geschichte, die Günter Grass kürzlich zugegeben hat. Der Schriftsteller ist quasi gleich alt (er ist Jahrgang 1927), hat ebenfalls den Nobelpreis für Literatur erhalten, und auch er hat sich sein Leben lang für die Linke eingesetzt. Auch er wurde als junger Mann eingezogen, ging aber zu einer Truppe, die sich niemand vorstellen konnte, nämlich zur Waffen-SS. Freiwillig, auch wenn er erst ganze fünfzehn Jahre alt war.

»Was mich am meisten getroffen hat, ist die Tatsache, dass er dieses Geheimnis die ganze Zeit unter Verschluss gehalten hat. Grass hat mehr als sechzig Jahre lang mit dieser Schuld gelebt. Es muss für ihn eine enorme Belastung gewesen sein, dass er nicht in der Lage war, sie offenzulegen. Dennoch habe ich Schwierigkeiten, ihn zu verurteilen. Wie beurteilt man einen jungen Menschen?«

DER RAUSCH DER FREIHEIT

Dann endlich der 25. April 1944. Der Krieg ist aus, auch der Faschismus. Lang erwartet, heiß ersehnt, oft erträumt kommt die Befreiung. Die Zeit, auch die engen Täler der Gegend um Varese zu verlassen und umzuziehen ins große Mailand.

»Ein herrlicher Rausch. Das Mailand der Nachkriegszeit war tatsächlich etwas Außergewöhnliches, das sich leider nie wiederholt hat. Ein Aufblühen der Ideen und des Aufbruchs auf allen Gebieten, von der Kunst über die Kultur bis zum Unternehmertum. Man hatte das Gefühl, alle wollten den Rücken straffen, das Beste geben und an der Wiedergeburt des Landes mitarbeiten. Das in jenen Jahren, glaube ich, tatsächlich das Beste gab. Es herrschte ein Klima der allgemeinen Euphorie, aus dem die Talente sprossen wie die Pilze. An der Brera hatte ich damals viele Freunde, große, echte, brüderliche Freunde. Leider sind alle verstorben. Vielleicht habe ich deshalb so große Mühe, mich an die Namen zu erinnern. Erinnerungslücken, geschuldet der Trauer über ihr Verschwinden. Es bleibt die Süße der Erinnerung. Wir waren richtige Vagabunden.

Perché darci la seccatura di picchiarsi

Immer bereit, die unglaublichsten Burlesken anzustellen. Unvergesslich, wie wir keinen Geringeren als Picasso nach Mailand holten, der nichts davon wusste. Mein Freund Morlotti, der ihn in Paris kennengelernt hatte, verbreitete das Gerücht, der große Pablo sei in der Stadt. Alle machten mit und organisierten die Sache so gut wie möglich. Alik Cavaliere[175] mietete eine heruntergekommene Halle so groß wie ein Hangar, unweit der Scala. Alle Freunde halfen, sie in einen angemessenen Salon zu verwandeln: die Bühnenbildner des Piccolo, Jazzmusiker (es war die Zeit der Lambro Jazz Band[176]). Die Vorbereitungen schreiten voran, die Nachricht verbreitet sich, das intellektuelle Mailand gerät in Aufruhr und bestellt Karten im Vorverkauf. Es ist alles bereit, nur einer fehlt noch, der Meister Picasso. Ein leicht zu lösendes Detail, da wir ein Ass im Ärmel hatten. Es gab an der Brera einen Pedell, der mit Picasso identisch war. Wir ziehen ihn zum Spaß auf unsere Seite, und er ist begeistert, endlich einmal von seiner Ähnlichkeit Gebrauch machen zu können, und lässt sich nicht lange bitten. Kahlköpfig wie Picasso war er schon lange. Gleiche Nase, gleiche hochgewölbte Stirn. Einige Pinselstriche reichen aus, um ihn mit dem Original identisch zu machen, ein heller Staubmantel, genau wie der, den Picasso so liebte, ein seidenes Halstuch … Man schafft ihn also nach Rho, wo der Zug aus Paris hält, bevor er Mailand erreicht. Man setzt ihn in ein Abteil der ersten Klasse, man umgibt ihn mit einem Stab von Pressesprechern und mysteriösen Begleiterinnen Modell Boulevard St. Michel (Nouvelle Vague). Als der Zug in Mailand einfährt, warten schon die Journalisten, Fotografen und Neugierigen auf dem Bahnsteig. Von allen Seiten eilen sie herbei, sobald sie seiner gewahr werden. Er aber verschwindet wie eine wahre Diva eilig die Bahnhofstreppe hinunter – und alle hinterher, ihm nach, während wir rufen: ›Nein, da ist er lang! Andere Richtung!‹ Ein unbeschreibliches Durcheinander. Inzwischen hatten wir, um die Konfusion zu steigern, das Gerücht verbreitet, dass Picasso in einem Dutzend verschiedener Herbergen abgestiegen sei. Die Portiers, die wir mit einem kleinen Trinkgeld bestochen hatten, bestätigten seine Anwesenheit, bedauerten aber, dass er nicht erreichbar sei. Er habe sich mit einer Dame im Zimmer eingeschlossen und dürfe nicht gestört werden. Wer ihn sehen wolle, müsse zu unserm Fest kommen, an dem er teilnehmen werde. Wir hatten gemeldet, dass man für die Eintrittskarte bezahlen müsse. So wollten wir wenigstens die Ausgaben decken. Um die Stimmung während der Wartezeit anzuheizen, hatten wir ein paar Unfälle vorbereitet. Eine Gruppe Anstreicher war noch mit Farbeimern und Pinseln zugange, und die beschmierten alles, was ihnen in die Quere kam, einschließlich der Bekleidung der Damen. Als sie weg waren, kam mit lautem Röhren ein Motorradfahrer herein (der Saal lag zu ebener Erde) mit Helm und großer Brille, verfolgt von einem echten Polizisten, den wir engagiert hatten. Daneben gab es Clownerien, Musik, Gags und Stegreifspiele. So entstand die richtige Atmosphäre – halb Dada, halb Surrealismus. Dann kam der große Augenblick. ›Er kommt! Er kommt!‹ Gefolgt von einem schwatzenden Rattenschwanz zieht der Pseudo-Picasso ein. Gespuckt derselbe. Sogar französisch sprach er, denn unser Pedell hatte seine Jugend in Frankreich verbracht. Damit man nicht sah, dass er geschminkt war, richteten wir die Scheinwerfer auf sein Gesicht, das von harten Lichtstrahlen zerschnitten wurde. Er durchquert den Saal, gibt ein Zeichen, dass er etwas sagen wolle. Stille breitet sich aus. ›Chères amies, je suis ici pour une question d'amour. J'aime une fille, c'est l'amour de ma vie … Pardonnez-moi mais je doit vous laisser …‹ Mit raschem Schritt wendet er sich zum Ausgang. Sofort kommen Zweifel auf. War er das oder nicht? Pablo verschwindet, der Zweifel bleibt …

Einen denkwürdigen Spaß erlaubten sich auch Crippa, Dova und Peverelli[177]. Im Botanischen Garten entdeckten sie einen Baum, dessen Astwerk zusammengebunden war, der demnächst eingepflanzt werden sollte. Sie schultern ihn, bitten ein paar Narren, die sie auf der Straße treffen, ihnen zu helfen, schleppen den Baum in die berühmte Galerie Milione, wo gerade eine Vernissage stattfindet. In der Ausstellung angekommen, lösen sie die Umwicklung der Krone, und mit einem Schlag entfaltet der Baum sein majestätisches Astwerk, füllt den gesamten Raum aus und verhindert, dass irgendwer noch die Galerie betreten kann. Eine regelrechte grüne Okkupation. Ein anderes Mal, nach einem epochalen Schneefall, der die ganze Stadt lahmgelegt hatte, meldeten wir uns in großer Zahl bei der Stadtverwaltung, wo Schneeschipper gesucht wurden. Natürlich waren wir die schlechtesten Schneeschipper, die man je gesehen hatte … Wir deponierten den Schnee an den unmöglichsten Stellen, in den Straßenbahnen, und schließlich bildeten wir sogar einen monströsen Schneeball, eine wahre Lawine, rollten ihn auf die Gleise und blockierten den Verkehr endgültig.«

Eine Atmosphäre, die an Studentenulk erinnert.

»Ja, aber zu unserer Ehrenrettung können wir uns auch würdigerer Aktionen rühmen. Während der Aufnahmen zu *Das Wunder von Mailand*, dem Meisterwerk De Sicas, haben wir von der Brera gewetteifert, mitzuwirken. Ich habe mit anderen in der Maske gearbeitet. Wir haben alle möglichen Theatertricks beigesteuert, Zauberkunststücke erfunden und Techniken aus dem Puppentheater. Für die berühmte Szene, wo die Leute den Flug über den Pinakeln des Doms sehen, haben wir eine Unmenge große und kleine Marionetten geschaffen und mit Tausend Latexballons gemischt. Einfache Techniken mit ungewöhnlichen Effekten.«

EIN SPINNER AUCH IM KINO

Apropos Kino, das ist ein Kapitel, das in Ihrer Biografie mehrfach auftaucht. Der Film *Der Spinner* von Lizzani[178] bleibt unvergesslich. Sie haben nicht nur mitgespielt. Sie waren auch Drehbuchautor und Synchronsprecher …

»Das Kino ist früh auf mich zugekommen, fast am Anfang meiner Karriere. *Der Spinner* ist von 1956, gleich nach meinem Bühnendebüt mit Franco Parenti und Giustino Durano. Lizzani kam im richtigen Augenblick. Eine Tür öffnete sich. Und auch wenn diese Erfahrung kurz war, nur einige Filme lang, war sie für meine Entwicklung doch entscheidend. Ich fand Geschmack an der Freiheit des Ausdrucks und der Erfindung. Die Arbeit als ›fliegender‹ Drehbuchschreiber war meine Hochschule. Sie lehrte mich, wie man eine Szene aufmachen und wieder schließen muss. Sie hat mich gelehrt, eine Sache beim Schreiben auf den Punkt zu bringen, die ich dann auf das Theater übertragen habe. Dass man den Mechanismus der Einteilung in Akte überwinden muss – erster Akt, zweiter Akt … Der Film zwingt dich, diese Formel zu zerschlagen, das Gaspedal zu drücken, schneller und beweglicher zu werden. Mein erstes Stück, *Erzengel flippern nicht*, habe ich wie einen Film erzählt, mit einigen Dutzend Szenenwechseln. Radikale erzählerische und stilistische Brüche.

Später habe ich das im Fernsehen gemacht, wo ich das Publikum in die Szene mit einbezogen habe. Die Beseitigung der berühmten vierten Wand war nicht mehr nur eine Sache der Literatur, sie gehörte dazu, vor allem im Theater. Die Aufhebung des Raumes und der Zeit wurden tägliche spielerische Praxis.«

Zurück zum Film *Der Spinner*. Ein besserer Titel ist schwer vorstellbar, wenn man den Autor kennt …

»Die Idee kam mir, als ich das damalige Mailand betrachtete, das immer frenetischer wurde. Wo die Menschen nicht mehr flanierten, sondern nur noch rannten. Wo man das Gefühl hatte, immer weniger Zeit zu haben und ständig zu spät zu kommen. Zu diesem Thema erfand ich eine Geschichte. Protagonist war ein armer Kerl, der wegen einer Reihe von Missverständnissen die ganze Zeit wie ein Verrückter rennen muss. Eine fast autobiografische Geschichte: Der übertriebene Schnellläufer war ich selbst. Ich lief damals die vierhundert Meter zusammen mit einem Freund, einem gewissen Missoni[179]. Wir trainierten auch gemeinsam. Er wurde sogar Europameister. Ich hingegen rannte überall, im Gebirge, in der Stadt, auf Skiern … Ich hatte früh damit angefangen, um die geliebte Lucy zu treffen, meine erste Liebe, der ich mitten auf dem Lago Maggiore begegnet war. Ich wohnte in Porto Valtravaglia, sie in Caldè. Vier Kilometer weit entfernt. Ich rannte den Hügel rauf und wieder runter, wer weiß, wie oft. Das Lied *Zwanzig Kilometer am Stück, zehn hin, zehn zurück*, wurde wahrscheinlich für mich geschrieben. Das Blut kochte, das Herz spürte das Vergnügen, den Körper zu bewegen und zu beherrschen. Es war so wichtig, wie später die akrobatischen Übungen im Theater. Die Lungen zu kräftigen war wichtig für die Bühne. Es erlaubte mir, mit angehaltenem Atem zu rezitieren. Mit sechzig konnte ich den Harlekin spielen, einschließlich seiner Kapriolen.«

Da Sie Ihr Leben lang gerannt sind, waren die Dreharbeiten zu *Der Spinner* ein Kinderspiel.

»Zavattini[180], dem der Entwurf zuerst in die Hände fiel, mochte den Stoff. Er riet Carlo Lizzani, daraus einen Film zu machen. Deshalb blieb mir nichts anderes übrig, als die Beine in die Hand zu nehmen und die Hauptfigur zu spielen. Der schnelle Achill, Bürobote einer Zeitungsredaktion, wird für einen Journalisten gehalten und in einem Crescendo wahnsinniger Farcen hierhin und dorthin geschickt. Die weibliche Hauptrolle spielte Franca – ein Mädchen mit einem imponierenden Gang. Radrennfahrer, die ihren Weg kreuzen, fahren sich gegenseitig über den Haufen und auch die Straßenbahnen bleiben stehen. Wir drehten alles in Mailand. In jenem Mailand der Nachkriegszeit mit den ausgehöhlten Häuserstummeln. Ich schaute aus dem Fenster eines dieser Häuser, das nur noch aus der Fassade bestand, und in der nächsten Einstellung sah man, dass sich hinter mir nur noch das Nichts befand. Ich raste die notdürftig reparierte Treppe hinab wie ein geölter Blitz und rannte hinter einer Straßenbahn her. Die Leute in der Bahn sahen dem Verrückten zu, der die Bahn zu kriegen versuchte, aber als ich sie endlich eingeholt hatte, stieg ich nicht ein, was alle erwarteten, sondern lief weiter, um sie zu überholen und als Erster bei der nächsten Haltestelle anzukommen.«

Die italienische Filmkomödie war es damals ja gewohnt, gröbere und dickere Saiten aufzuziehen. Insoweit kann man diesen ungewöhnlichen Film geradezu als Unikum in der Geschichte des komischen Kinos bezeichnen. Lizzani, der stets auf die Zeitgeschichte und das Tagesgeschehen achtete und ein Intellektueller mit einer großen Leidenschaft für die Bürgerrechte war, erinnerte sich noch fünfzig Jahre später mit Anhänglichkeit und Verblüffung an jenen Film: »Ein Werk, das auch aus meiner Art, Filme zu drehen, herausfiel. Wir hatten gewaltigen Spaß bei den Dreharbeiten, und ich bin stolz darauf, ihn gedreht zu haben.«

Andererseits hatte *Der Spinner* keinen großen Erfolg. Publikum und Kritik blieben lauwarm. Das Sujet tanzte aus der Reihe, Darios überdrehte Ironie war den Leuten fremd, und beides kam seinerzeit sicher viel zu früh. Ein halbes Jahrhundert vor Benigni hatte Dario dessen surreale Komik vorweggenommen. Hatte er den Körper und seine gestischen Erfindungen, die das Wort übertrafen, als Mittel der Kommunikation und Gefühlserregung erkannt. Nach den Jahren des Neorealismus war dieser Protoindianer der Großstadt, dieser kerngesunde Träger so vieler bevorstehender Stadtneurosen und einer sich immer schneller in Synkopen bewegenden Gesellschaft, eine erschreckende Herausforderung. Heute, da sich eine Wiederkehr des *Spinners* ankündigt – auf DVD in einer restaurierten Fassung –, ist es vielleicht an der Zeit, seine Vitalität neu zu entdecken.

SCHLUCKST DU DAS?

Schauspieler bei Lizzani, Drehbuchautor für Age und Scarpelli[181] und Emmer[182]. Eine Zeit lang scheint Fo das Kino wirklich in Versuchung zu führen. Doch das Gefühl bricht ab. Auf eine neuerliche Annäherung wird man viele

Jahre lang warten müssen. *Musik für alte Tiere*, Regie und Drehbuch Stefano Benni, wo Sie einen Rentner spielen, der auf einem alten Motorrad mit Beiwagen die Stadt durchquert, die wegen eines Militärmanövers gesperrt ist. Das Manöver verwandelt sich rasch in einen Krieg, einschließlich menschlicher Kollateralschäden. Dann zwei Trickfilme, *Der blaue Pfeil* von Enzo D'Alò, und *Johan vom Po entdeckt Amerika*, Regie Giulio Cingoli, nach einem berühmten Stück von Ihnen.

In den zwei letztgenannten Filmen begnügen Sie sich damit, den Figuren Ihre Stimme zu leihen. Waren Sie nie versucht, selber in einem Film die Regie zu führen?

»Wer weiß. Vielleicht hat sich nie die berühmte Gelegenheit ergeben. Einen Spielfilm habe ich nie inszeniert, wohl aber das *Karussell*[183]. Davon sogar mehrere Sendungen. Für einen berühmten Aperitif habe ich mal die Form des *running gag* gewählt. Der Sketch ging so: Ich erzähle einem Bekannten eine unglaubwürdige Geschichte. Jedes Mal, wenn ich eine neue Version erzähle, ruft mein Gesprächspartner: ›Das schluck ich nicht‹, bis ich ihm was zu trinken anbiete und frage: ›Und das? Schluckst du das?‹ Er nimmt das Glas und ruft: ›O doch, das schluck ich!‹

Also ich schulde dem Kino viel, auch weil ich dadurch Gelegenheit hatte, ungewöhnliche Menschen kennenzulernen. Für Emmer habe ich als Regieassistent gearbeitet. Später habe ich Olmi[184] kennengelernt, ein süßer Mensch. Tonino Guerra[185] ist mein Nachbar in Cesenatico[186], sympathisch, auch wenn er heute für Unieuro[187] schreit: ›Optimismus ist das Parfüm des Lebens.‹ Ich kannte auch Fellini, der häufig den unersättlichen Don Giovanni spielte. Eines Tages saßen wir in einem Restaurant mit Franca. Er hatte eine Schwedin dabei, ein echtes Covergirl. ›Ich hab sie auf der Straße abgeschleppt‹, murmelte er, als wir uns vorstellten, ›sie ist als Anhalterin gefahren.‹ Es war seine übliche Aufschneiderei. Alle lachten, sie auch, … denn sie sprach kein Wort Italienisch. Dann bemerkte er Franca, als hätte er sie noch nie gesehen. Er überhäufte sie mit Komplimenten, einige waren paradox, andere poetisch. Er holte tief Luft und sagte zu mir: ›Dario, es stört dich doch nicht, wenn ich deiner Frau den Hof mache? Sie wirkt so einsam!‹ Ich lächelte sparsam. Federico hielt weiter Hof, erzählte Anekdoten, Abenteuerstückchen. Irgendwann sehe ich, dass Franca zusammenzuckt. Sie tut so, als wäre ihre Serviette heruntergefallen. Sie bückt sich, um unter den Tisch zu schauen. Als sie wieder auftaucht, ruft sie: ›Aber Federico, was soll das? Du füßelst gleichzeitig mit mir und deiner Freundin.‹ – ›Ja‹, antwortet er seelenruhig, ›zum Glück habe ich keine drei Füße, sonst würde ich die Kellnerin auch noch mit dem Fuß beglücken.‹

Wir lernten auch Visconti kennen. Er hatte *Der Finger im Auge* gesehen und bewunderte uns. Einmal waren wir bei ihm zu Hause eingeladen. Ein denkwürdiger Abend. In jenen eleganten und raffinierten Salons beschäftigte man sich mit grausamen Gesellschaftsspielen. Er hatte alles unter Kontrolle, schob die Spielsteine seines Hofstaates hin und her und amüsierte sich darüber, wie die Gäste sich vor seinen Augen zerfleischten. Ein schrecklicher Fürst. Ich erinnere mich an das Postspiel. Anonyme Zettelchen wurden laut vorgelesen. Die Texte bestanden aus peinlichen Fragen über Anwesende, die Visconti als Schauspieler und Höflinge benutzte. Wir zwei kamen aus der Provinz und waren ungeübt in derartigen Sottisen. Eine bedrückende Atmosphäre. Viel sympathischer war Joris Ivens[188], der große Dokumentarfilmer. Wir trafen uns in einem chinesischen Krankenhaus, das ganz aus Bambus erbaut war, vier Stockwerke hoch. Eine große Persönlichkeit. Sein Film über Kambodscha aus den Siebzigerjahren ist ein außergewöhnliches Zeugnis in historischer wie in künstlerischer Hinsicht. Eine Szene werde ich nie vergessen: den Abschiedstanz der Frauen für ihre Männer, die in den Krieg ziehen. Wie ein Schwarm Reiher, die zum Flug abheben.«

KEIN FILM MIT PASOLINI

»Der Film hat mir noch eine weitere Erinnerung hinterlassen. Wenig bekannt, vielleicht, aber für mich von großer Bedeutung. Die Arbeit mit Pasolini. Ich hätte mit ihm an einem Film über das Attentat von Sarajevo arbeiten sollen, das den Ersten Weltkrieg ausgelöst hat. Die Idee stammte von Pasolini selber. Pietrangeli[189] sollte die Regie führen und mit mir und Pier Paolo am Drehbuch arbeiten. Leider verhedderte sich das Projekt, als wir noch in der Anfangsphase waren und nicht einmal mit dem Drehbuch angefangen hatten. Auch wenn es nie fertig wurde, war das Vorhaben für mich doch eine Gelegenheit Pier Paolo kennenzulernen.«

Was hatten Sie für einen Eindruck von ihm?

»Ein sehr zurückhaltender Mann, mit dem man schwer in Kontakt kam, aber man spürte sofort seine Intelligenz und seine außergewöhnliche Kultur. Vor einem Regisseur, der einen Film wie *Das 1. Evangelium nach Matthäus*[190] gedreht hat, zieht man nicht nur einen Hut, sondern dreißigtausend. Ich bewunderte ihn sehr, doch seine Ansichten teilte ich nicht immer. Mehr noch. Als er den Studenten vorwarf, Bürgerkinder zu sein, und sich hinter die Polizeibeamten stellte und behauptete, sie seien die Söhne des Proletariats, griff ich ihn meinerseits an, indem ich seine Rede in eine szenische Satire verwandelte, wo der philosophische Verteidiger der Ordnungskräfte zum Schluss von denselben verprügelt wird. Pasolini erfuhr davon und war mir böse. Wenn ich über seinen Tod nachdenke, dieses entsetzliche Verbrechen, werde ich den Verdacht nicht los, dass hinter den *Ragazzi di vita*[191] mit ihren Eisenketten, von denen er so fasziniert war, die Auftragskiller des Staates standen. Vielleicht die gleichen, die ein paar Jahre zuvor, im März 1973, meine Frau entführen und missbrauchen ließen. Geheimdienste außer Kontrolle nennt man sie. Auch wenn General Palumbo in der Kaserne Pastrengo an jenem Abend, als die Nachricht von dem brutalen und feigen Verbrechen gegen Franca bekannt wurde, lächelnd geprostet hat: Mission ausgeführt.«

Wie viele andere »linke« Intellektuelle jener Zeit waren also auch Sie nicht immer einverstanden mit dem, was viele Pasolinis »Provokationen« nannten. Worin bestand der Unterschied zwischen der Weltsicht Pasolinis und der Ihren?

»Vielleicht sind es unsere Ursprünge. Pasolini verpflanzte sich aus dem Friaul nach Rom. Beide Orte brachten ihn nie in direkten Kontakt mit der Arbeiterklasse. Er wusste nichts über sie. Ich hingegen bin an der Grenze zwischen Piemont und Lombardei aufgewachsen – die zwei am stärksten industrialisierten Regionen unseres Landes. Die Welt der Arbeiter war für mich eine sehr wichtige Erfahrung. Pasolini hingegen fühlte sich vom Lumpenproletariat magnetisch angezogen, also von Menschen, die häufig der Unterwelt näherstanden als der Arbeit. Leute, die sich irgendwie durchschlugen. Er war ein großer Künstler, und so hat er sie mit außerordentlicher Poesie dargestellt. Er hat aus ihnen ein Symbol gemacht, und vielleicht hat er sie auch idealisiert.«

In den Jahren, in denen Pasolini die anthropologischen Veränderungen Italiens analysiert und die Ursachen dafür im Verlust des Heiligen, in der Flut des Massenkonsums und des Fernsehens erkennt, wählen Sie einen anderen Weg. Ausgehend von den täglichen Ereignissen, registrieren Sie die Dramatik der bleiernen Jahre: vom Fall Pinelli (*Morte accidentale di un anarchico*[192]) zu den Kämpfen in den Fabriken (*Tutti uniti! Tutti insieme! Ma scusa quello non è il padrone?*[193]). Von den »Staatsmassakern« (*Pum, pum! Chi è? La polizia!*[194]) bis zu den proletarischen Expropriationen (*Non si paga! Non si paga!*[195]). Schließlich der *Fanfani rapito*[196], eine wüste Satire auf das christdemokratische Regime und Vorzeichen einer tragischen Entführung, die sich wenig später tatsächlich ereignen sollte – die Affäre Aldo Moro[197].

»Entsetzliche Jahre. Die ganze aufregende Zeit des kulturellen und lebendigen Aufbruchs seit den Nachkriegsjahren bis in die frühen Siebziger hinein erlaubte die Vorstellung eines endlich erneuerten Italien, das nun durch dunkle Bomben und das Blut Unschuldiger zerrissen wurde. Daneben der schreckliche Irrweg des Terrorismus, der das Land und die Linke verwüstete. So viele junge Menschen tappten da in die Falle des bewaffneten Kampfes. Eine Gefahr, die ich hautnah miterlebt habe. In den Jahren, als Jacopo aufs Gymnasium ging, sind viele seiner Kameraden an dieser blutigen Front abgerutscht. Auch mein Sohn schwankte zwischen verschiedenen Positionen. Zum Glück hat sich Jacopo rechtzeitig herausgezogen. Aber das Risiko war da. Da Jacopo zwei Eltern hatte, die links engagiert waren, sogar weit links, musste er, wie das häufig geschieht, um sie zu überholen und seine eigene Identität zu betonen, noch darüber hinausgehen. In anderen Familien ist es auch passiert. Ich will nichts beschönigen. Es ist schwierig zu beurteilen. Hinter dem Terrorismus waren zu viele dunkle Kräfte am Werk. Er war ein fantastisches Werkzeug, um Protestbewegungen und Revolutionen, die gefährlich wurden, auszuschalten.«

Man hat auf diese Weise mithilfe von Bomben und Geheimdiensten, die mehr oder weniger unkontrolliert agierten, und mithilfe von »stragi di stato«, die Pseudo-Anarchisten, die für so etwas immer taugen, eine Art »kosmisches« Misstrauen in die Institutionen, die Richterschaft und die Linke »tout court« erzeugt.

»Die moralischen Werte, die Ideale und der Gemeinsinn wurden ausgehebelt. Vervollständigt wurde dieses Werk durch die politische Korruption, die Craxi und die Christdemokraten systematisch zur Musik von Schmiergeldern wachsen und gedeihen ließen. Ihre Apotheose ist die Ära Berlusconi. Der aufhaltsame Aufstieg des Silvio B. hat seine Wurzeln in eben dieser Korruption. Zehn Jahre zuvor[198] wäre ein solches Phänomen undenkbar und unmöglich gewesen. Als es noch Fabriken und Arbeiter gab, und als Mailand noch die italienische Hauptstadt der Arbeit war. Im Mailand der Alfa Romeo, der Falck[199], der Breda[200], im Mailand der goldenen Jahre des Piccolo und der Scala hätte ein Herr Berlusconi nicht den geringsten Kredit genossen.«

UND AN DER SCALA SPIELTE ICH ZIRKUS

Apropos Scala, in der Saison 1979/1980 wurden Sie von Carlo Maria Badini, damals Intendant des Mailänder Theaters, und Claudio Abbado, dem künstlerischen Leiter, beauftragt, *Die Geschichte vom Soldaten* von Strawinski zu inszenieren.

»Am Anfang war ich perplex. Mit der Oper war ich nie besonders vertraut. Aber da ich stets sehr neugierig war, hat mich die Idee, eine neue Herausforderung anzunehmen, in Versuchung geführt. Ich bat nur um etwas Zeit, um mich an die Musik zu gewöhnen, die ich bis dahin wenig gehört hatte. Ich verbrachte also den Sommer mit Strawinski. Ich glaube, ich habe alles gehört, was er jemals komponiert hat. Ich hörte und warf Zeichnungen aufs Papier. Auf großen Bögen zeichnete ich Entwürfe, Sequenzen der Handlung, die Bewegungen. Zum Schluss war ich begeistert. Dieser verrückte Russe, den die Zeitgenossen als Provokateur abgestempelt hatten, gefiel mir außerordentlich. Igor und ich passten zueinander. Ich las etliche Essays über ihn und stellte fest, dass Strawinski die *Histoire*, die man für eine Kammeroper hielt, in erheblich majestätischeren Dimensionen hatte realisieren wollen. Nur der Krieg – 1914 bis 1918 – zwang ihn, alles zu verkleinern. Ich redete darüber mit Abbado. Da er eine sehr offene und aufmerksame Person ist, immer bereit, ungewöhnliche Projekte zu unterstützen, begrüßte er die Idee, den Traum des russischen Komponisten endlich zu realisieren. Und so verwandelte sich der *Soldat* von einem kammermusikalischen Werk in eine große Oper, dirigiert von Donato Renzetti. Ein Chorwerk von nahezu zirzensischen Ausmaßen, das mit Gesten und Bewegungen erzählt wurde, die vom chinesischen Theater inspiriert waren, ausgeführt von rund dreißig Schauspielern und Pantomimen der besten Schulen – angeführt von der Schule des Piccolo Teatro. Eine Gruppe von begeisterten Schülern, darunter Paolo Rossi[201], der eben dort sein Bühnendebüt gab. Um den Konventionsbruch fortzusetzen, bat ich, andere Musikstücke Strawinskis in die Produktion einzubeziehen, darunter das *Oktett*, das zur gleichen Zeit wie die *Histoire* komponiert wurde und die gleiche ätzende Ironie enthält. Für alles das brauchten wir eine größere Bühne, und so zogen wir ins Opernhaus um, wo der *Soldat* einen Monat lang en suite gespielt wurde, immer ausverkauft. Danach, wegen ›der großen Nachfrage‹, wie man so sagt, gastierte die Inszenierung in anderen unkonventionellen Spielstätten. In Turin und in Rom gastierten wir im kleinen Sportpalast unter einem Zirkuszeltdach.«

Ein viel beklatschter Ausflug in die Welt der Oper, der viel von sich reden machte, auch wenn es schien, als sei das Kapitel abgeschlossen. Jedoch ergab sich acht Jahre später, im Jahr 1987, die Gelegenheit, an die Oper anzuknüpfen, wenn auch außerhalb Italiens. In Amsterdam, mit Rossini.

»Ein niederländisches Opernhaus, ganz anders als die Scala, sehr modern, ganz aus Glas, Holz und Technik. Bestens geeignet für einen *Barbier von Sevilla* wie ich ihn mir vorstelle. Ein außergewöhnliches Stück, verrückt und surreal. Ich erlaubte mir das Vergnügen, es in einen großen komischen Tanz zu verwandeln, eine karnevalistische Commedia dell'Arte, in der alle tanzen, springen, rennen, wie aufgezogen von jenem berühmten Windchen, das nach und nach zu einem Tornado wird. Mit einem Barbier, der dem Harlekin ähnelt. Während er den Bartolo rasiert, schneidet er ihm das eine Ohr ab. Ein Bartolo, der offenkundig eine Doppelgängerpuppe ist, die in die Luft geworfen wird und im Parkett landet. Wo schon ein Graf sitzt, der darauf wartet, jeden Gegenstand als Reitpferd zu benutzen ... Die Niederländer hatten nie etwas Ähnliches gesehen und amüsierten sich königlich.«

Ein paar Kritiker mussten natürlich meckern, aber ein großer Musiker wie Salvatore Accardo sagte, nachdem er die Aufführung gesehen hatte: »Ein Feuerwerk sich überstürzender Einfälle, das einem den Atem verschlägt.« Tatsächlich reiste dieser *Barbier* anschließend um die halbe Welt, und der Doppelname Fo-Rossini eroberte unter rauschendem Applaus die Operngeschichte. Nicht weniger erfolgreich die folgenden Begegnungen der beiden – *Die Italienerin in Algier*, *Die Zeitung*, *Die Reise nach Reims oder Das Hotel zur goldenen Lilie*.

»Rossini, das war Liebe auf den ersten Blick. Zwischen uns entwickelte sich eine so enge Beziehung, dass die Gefahr der Monogamie bestand. Nachdem ich angefangen hatte, mich mit ihm zu beschäftigen, haben sich alle anderen Opernvorschläge seltsamerweise zerschlagen. Es ging mir so mit *Hoffmanns Erzählungen*, es ging mir so mit Mozart, von dem ich gern *Die Hochzeit des Figaro* inszeniert hätte. Nichts zu machen. Jedes Mal, wenn ich es versuche, kommt etwas dazwischen ... Wenn es sich dagegen um Rossini handelt, o Wunder, läuft alles wie am Schnürchen. Wir ersehen daraus, dass Gioacchino mich liebt und mich als seinen Vertrauenstrainer auserwählt hat ... Spaß beiseite, zwischen uns gibt es mehr als nur einen Einklang, glaube ich. Der gleiche Sinn für Ironie, der Sarkasmus, die Lust am Leben, das wir in allen seinen Erscheinungen genießen möchten. Vom Genuss der Kunst über den der schönen Frauen bis hin zum Essen. Und vielleicht auch eine nicht unerhebliche Portion Wahnsinn. Rossinis berühmte Melancholie färbte die Farbigkeit seiner Lebensfreude schwarz, wenn sie ihn schlagartig traf.«

Das passiert vielen Künstlern. Haben Sie es auch erlebt? Sind Ihnen Anwandlungen des dunklen Wahns widerfahren, den man heute Depression nennt?

»Mir scheint, der Begriff wird missbraucht. Was mich beunruhigt und stutzig macht, ist die Unart, alles das, was früher ein wesenhafter Charakterzug des Menschseins war, als Krankheit zu betrachten. Die Melancholie, die Düsterkeit, die Augenblicke des Unbehagens, gehören zum Leben eines jeden und damit auch meines Lebens. Wenn es mich trifft, versuche ich, damit zu leben, ohne die anderen zu belästigen. Manchmal sind es Signale des Körpers, die aufs Gemüt drücken, wenn er müde ist. In diesem Fall reicht es aus, etwas länger zu schlafen oder einen Spaziergang zu machen. Das Laufen hat mir immer sehr gutgetan. Hinterher fühle ich mich leichter. Auch geistig. Außerdem sind die ›saturnischen‹ Phasen eine Gelegenheit, über sich und die Welt nachzudenken. Manchmal führen sie sogar zu Anfällen von Kreativität. Warum also sie mit einer Handvoll Pillen unterdrücken? Sicher, wenn die Lebensmüdigkeit zu heftig wird, ist es mehr als richtig, ihr auch medizinisch zu begegnen. Aber ich habe den Eindruck, dass wir ins Reich der Pharmaka und der Pharmazeuten eingezogen sind. Beim kleinsten Symptom, Kopfschmerz oder Seelenschmerz, was auch immer, schon greift man zur Kapsel, die alles verscheucht. Ein schnelles, praktisches System. Besser man lernt, den Schmerz zu ertragen, sei er physisch oder psychisch, und noch besser, man sucht nach den Ursachen. In einer Gesellschaft, wo nur die Effizienz zählt und keiner schlappmachen darf, wo Krankheit und Tod eine Schande sind, die man verbergen muss, sind die Kunststücke der Chemie, von der Medizin bis zur Droge, einerseits das Geschäft des Jahrhunderts, andererseits eine bequeme Abkürzung, um ein Unwohlsein, das häufig private und gesellschaftliche Ursachen hat, zu maskieren. Wenn Rossini Prozac[202] genommen hätte, wer weiß, wie viel großartige Musik es nicht gäbe.«

Zum Glück nahm er nichts. Wenn zu seiner Zeit ein Gebrechen im Anzug war, ging man zum »Wassertrinken« in eine Modeherberge, sofern man es sich leisten konnte. Rossini berichtet davon in einer seiner zauberhaftesten und merkwürdigsten Opern, *Die Reise nach Reims*, die Sie 2003 in Helsinki inszeniert haben und die im Jahr drauf vom Carlo Felice[203] in Genua übernommen wurde. Den Mittelpunkt der Szene bildet ein großes Thermalbad. Wo in einer Szene Fische und Krokodile, Badende und Taucher in Wellen aus meerblauem Tüll eine Sarabande planschen.

»Ja, die Thermen von Plombières[204], von wo eine adlige Reisegruppe aufbricht, um an der Krönung Karls X.[205] in Reims teilzunehmen, waren vielleicht etwas anders, aber die übertriebene Tollheit des Librettos, die jene lächerliche Gesellschaft von Grafen und Baronen durch einen banalen Zwischenfall dort festhält, erlaubt jedweden Einfall und jede Grenzüberschreitung. Als Erster profitierte Rossini davon. Ohne sich erzählerischen Zwang anzutun, entfesselt er eine glückliche Freiheit der Kreativität, die auch zukünftige Regisseure anstecken musste. In der berühmten Inszenierung von Abbado und Ronconi 1984, erlaubt Letzterer sich den Spaß, mit dem Innen und Außen zu spielen. Draußen, vor dem Theater, promeniert der König mit seinem Hofstaat und wird gefilmt, während er den Platz vor der Scala überquert, und erst zum Schluss betritt er tatsächlich das Foyer und den Zuschauerraum. Ich hingegen stellte mir lieber den Auftritt von oben vor: Der vom Herrn Gesalbte erscheint am Himmel in einer Kutsche, die aussieht wie ein goldenes Ei, dazu Feuerwerk und Böller.«

Bis ein Knaller die schwebende Kutsche trifft und sie zusammen mit ihrer fürstlichen Fracht unrühmlich zum Absturz bringt. Ein Schluss, der zusammen mit dem Hinweis auf den »Gesalbten des Herrn«[206] wenig Zweifel daran ließ, wen Sie treffen wollten. Ihre Anspielungen und Pfeile waren so deutlich, dass auch ein Parkett, das von unseren politischen Streitigkeiten weit entfernt ist, wie das Finnische, sich den Bauch hielt vor Lachen, allen voran, die Präsidentin Tarja Halonen.

»Sicher konnte die sympathische First Lady sich nicht vorstellen, dass der Gesalbte persönlich, der Italien damals ohne Krone zwar, aber mit vielen Fernsehsendern regierte, sie einige Jahre später öffentlich beleidigen würde, indem er sich rühmte, er habe bei ihr seine ›Playboy-Künste‹ angewandt, um für Italien den ersehnten Wettbewerbskommissar herauszuhandeln. An jenem Abend im Theater lachte die noch ahnungslose Frau Halonen über die Gleichklänge von Karl X. und Berlusconi, die sie für künstlerische Freiheiten und satirische Paradoxien hielt … Ich hingegen machte keine Späße. Die Ähnlichkeiten zwischen den beiden waren nicht übertrieben. Als souveräner Despot bemühte sich Karl X., die Errungenschaften der Französischen Revolution zu streichen und die liberale Verfassung wegzufegen. Er übertrug dem Klerus die Verwaltung der staatlichen Schulen, ließ Intellektuelle verfolgen, die es wagten, ihn zu kritisieren, und erließ Gesetze für seine eigenen Zwecke. Da der Bischof ihn mit heiligem Öl zum König gesalbt hatte, nannte man ihn den ›Gesalbten des Herrn‹. Um das Bild zu vervollständigen, stand er im Ruf eines königlichen Wunderheilers, der für sich den Verdienst beanspruchte, Massenheilungen verübt zu haben. Erinnert sich jemand daran? Es ist der erschütternde Beweis, dass die Geschichte sich doch wiederholt. Und hinterher heißt es, ich hätte alles nur erfunden.«[207]

Zurück zur Musik. Haben Ihre nicht nur sporadischen Erfahrungen mit der Oper Sie zu längeren Besuchen bei der »Klassik« bekehrt?

»Ich will mir nichts anmaßen. Meine musikalischen Leidenschaften waren stets andere: der Jazz vor allem und dann auch der Rock. Aber es ist wahr, dass ich gelernt habe, auch die Oper zu schätzen, nachdem ich sie oft genug gehört hatte. Vor allem die ›komische‹. Als ich in Helsinki war, bin ich oft zu den Proben des Finnischen Sinfonieorchesters gegangen. Eine ausgezeichnete Formation mit einem sehr großen, heterogenen Publikum. Was mich wirklich verwundert hat, als ich in den großen Opernhäusern in Nordeuropa zu tun hatte, ist die leichte Zugänglichkeit zur klassischen Musik. Bei uns noch immer ein Privileg der wohlhabenden und gebildeten Eliten. Dort oben ein Genuss aller. Verglichen mit unseren Opernhäusern sind die Eintrittspreise der Suomen Kansallisooppera von Helsinki lächerlich gering. Von zehn bis fünfzig Euro. In der Gegend kann sich wirklich jeder einen Abend in

der Oper leisten. Aber der Grund für die weit verbreitete Leidenschaft für die Oper und das Konzert besteht in der musikalischen Erziehung, die man in diesem Land erteilt. In der Schule, aber auch in den Theatern, die sehr schöne Initiativen für Jugendliche entwickeln. In Helsinki hat mich die Beweglichkeit und Offenheit dieser Theaterwerkstätten beeindruckt, wo Jahr für Jahr Stücke produziert werden – oft von zeitgenössischen Autoren. Wo die Jugendlichen während einer Saison, die nur für sie und die ganz Kleinen gedacht ist, ihre Freude am Theatermachen ausleben können. Wo sie unter Anleitung professioneller Bühnenbildner und Maskenbildner Modelle für musikalische Fabeln entwickeln und kleine Opern, die ihrem Alter entsprechen, aufführen können.«

Wie *Peter und der Wolf* mit der Musik von Prokofjew dirigiert von Renato Renzetti, wo Sie als Sprecher und Pantomime auftraten.

»Eine köstliche Musik, spöttisch, unterhaltsam. Bestens geeignet, um einem Heranwachsenden die Ohren zu öffnen. Unter der Oberfläche der Fabel erzählt Prokofjew in seiner ironischen Art eine zweite Geschichte. Als rebellischer Komponist, der auf der schwarzen Liste des Regimes stand wie Majakowski und Meyerhold, die ebenfalls übel beleumundete Künstler waren, war Sergej Prokofjew jemand, der die Musik als regelrechte Waffe einsetzte. Indem er das didaktische Spiel, die Töne der verschiedenen Instrumente vorzuführen, übertrieb, verführte er sein jugendliches Publikum, sich über die Konventionen lustig zu machen. Ich habe dieser Respektlosigkeit Rechnung getragen, indem ich bei meiner Lesung offen mit dem Wolf sympathisierte. Das arme Tier tut nur, was seiner Art entspricht, während Peterchen und sein bärbeißiger, streitsüchtiger Großvater das Tier um jeden Preis abknallen wollen. Jetzt sagt mir mal, liebe Kinder, wer ist hier der böse Wolf?«

Ein wildes Hohngelächter des Wolfes, der die Zähne fletscht, während sein Fell sich auf der Rückenlinie rot färbt. Fo hat ihn so gesehen. Die Zeichnung ist wie üblich vor Beginn der Proben entstanden. Fast so, als wäre das Bild der Leitfaden der Interpretation. Ein Satz von Tadini[208] kommt mir in den Sinn: »Man muss sich fragen, ob Fo anfängt zu zeichnen, um seinen Körper zu erweitern und die vergängliche Sprache des Körpers in dauerhafte Form zu übersetzen, oder ob er den Körper in Szene setzt, um das, was wir sein ›Projekt‹ nennen könnten, das in seinen Zeichnungen und seiner Art zu zeichnen aufscheint, zu realisieren. Auf der Bühne wie auf dem Zeichenblatt lebt Fos Körper und wendet sich permanent an die äußere Welt – ›sein‹ Körper und gleichzeitig der Körper, der zur Ausdruckswelt gehört, die er bewohnt.« Der Satz stammt aus dem Essay »Il corpo disegnato«[209].

Tadini, Ihr Freund fürs Leben, Poet und Maler, denkt nach über den Maler Fo und fragt nach den unvermeidlichen Kurzschlüssen, die zwischen der Physis Ihres Bühnenkörpers und dem Körper Ihrer Malerei stattfinden. Ihre ursprüngliche Berufung, die Malerei, eine erste Liebe, die sich so lange in den Kulissen des Theaters versteckt hatte und mit dem weißen Haar nachdrücklich wieder an der Oberfläche aufgetaucht ist. Geradezu eine Rückkehr zu den Ursprüngen, die Sie einerseits veranlasst hat, Pinsel und Bleistift wieder in die Hand zu nehmen und einen kreativen Furor zu entfalten. Andererseits eine Rückkehr zu kunsthistorischen Studien über einige der großen Meister wie Leonardo, Caravaggio, Correggio und Mantegna.

»In Wirklichkeit war ich als Schauspieler stets ein Dilettant und als bildender Künstler der Profi. Oder besser ein ans Theater ausgeliehener Maler. Das erste Ausdrucksmittel war für mich stets die Malerei. Mein erstes ›offizielles‹ Bild habe ich Anfang der Vierzigerjahre gemalt. Ein geschmäcklerisches Selbstporträt, ein wenig wie Picasso. 1945 hatte ich die erste Einzelausstellung in der Galerie Permanente in Bergamo. Aber auch danach, als ich schon den Weg zur Bühne eingeschlagen hatte, hat sich die Malerei weiterhin bemerkbar gemacht. Alle meine Texte sind stets ›visuell‹ entstanden und wurden vor der Niederschrift gezeichnet. In den letzten Jahren nach meinem Schlaganfall, durch den ich mein Augenlicht teilweise eingebüßt habe, ist es beschwerlich geworden, zu schreiben, und so haben Linie und Farbe als Ausdrucksmittel die Wiederentdeckung dieses ungewöhnlich erfinderischen Reichtums noch gesteigert. Die Krankheit hat sich somit als Chance für mich erwiesen. Sie gab mir die Möglichkeit, mich zu verändern und neue Wege des Erzählens einzuschlagen. Und das nicht nur im Theater, sondern auch auf Papier und Leinwand. Wenn ich Zeit habe, verbringe ich inzwischen ganze Tage beim Malen. Franca, die das sehr gut kann, hat an die zwanzigtausend Arbeiten von mir gesammelt und katalogisiert. Ich bin selbst erstaunt über die Leidenschaft und das immense Glück, das ich dabei empfinde.«

Tadini behauptet auch, viele seien anfangs überrascht gewesen, dass Sie auch malen. »Im Gegensatz dazu«, schreibt Tadini, »waren meine Freunde und auch ich eine Zeit lang eher erstaunt darüber, dass Dario auch ein Theatermann war. Denn ursprünglich wollte Fo Maler sein. Und ich wollte der Dichter werden.«

»Genau so war es. Mit uns beiden und mit vielen anderen Artisten. Wenn das Samenkorn des kreativen Wahnsinns irgendwo hinfällt, kam man nicht verhindern, dass es wächst und gedeiht. Wie kann man in der Malerei schöpferisch sein, nicht aber in der Literatur, in der Poesie, nicht aber mit dem Zeichenstift? Die Meister der Vergangenheit lehren uns, dass einer, der Talent hat, keine Grenzen kennt. Als Leonardo nach Mailand kam, bezeichnete er sich nicht als Maler, sondern als Ingenieur und Erfinder neuartiger Wunderwaffen, unbekannter Maschinen, Architekt und Alleskönner. Dann erst als Bildhauer, Zeichner, Eventmanager, Philosoph, Dichter. Auch als Musiker. Als Musiker, weniger als Maler, bezeichneten sich auch Pontormo und Sebastiano del Piombo. Letzterer wurde vom Papst nach Rom eingeladen, nicht um zu malen, sondern um mit seinem Flötenensemble aufzutreten. Antonio Allegri, genannt Correggio, war als bedeutender Mathematiker bekannt, auch als Architekt und astronomischer Wissenschaftler. Perugino hingegen war sowohl Astronom als auch Astrologe. Totale Künstler, die sich in totaler Freiheit auf sämtlichen Feldern betätigten. Eine heute fast verschwundene Vielseitigkeit. Heute sind alle Künstler Spezialisten in immer engeren Sparten. Auf diese Weise verliert man den Blick für die Zusammenhänge, man stellt keine Verbindungen mehr her und verarmt.«

Dann müsste man, um der blutleeren Kreativität neuen Saft zuzuführen, zu den Lehren der großen Meister der Vergangenheit zurückkehren.

»Ich stand einmal mit Marino Marini vor dem Dom von Pisa und entsinne mich, wie ihm angesichts der Skulpturen die Bemerkung entfuhr: ›Aber die Alten haben sich wirklich ständig kopiert.‹ Wenn heutige Möchtegernkünstler lernen würden, die Kunst der Vergangenheit genauer zu betrachten, würden sie ihr blaues Wunder erleben. Die Künstler meiner Generation, ich spreche von Alik Cavaliere, Morlotti, Peverelli, Bobo Piccoli, hatten das Glück, bedeutende Lehrer zu haben wie Achille Funi, Aldo Carpi, Cassinari, Carrà, Manzù, oder mit De Chirico, dem wichtigsten Kenner der klassischen Kunst, bekannt zu sein. Er hatte keine Professur, aber er war immer da, zwischen der Kunstakademie und der Bar Jamaica. Ironisch, provozierend, etwas bärbeißig. Aber stets bereit zu einem Gespräch mit uns Jungen. Stunden verbrachten wir vor den Meisterwerken der Pinakothek, und er half uns, jedes Detail zu verstehen und das zu entdecken, was uns vielleicht verborgen geblieben wäre. Großzügige Geister, die sich mit Einfachheit hingaben und nicht fürchteten, den Kopf nach hinten zu drehen, um von der Vergangenheit zu lernen.«

Erinnern Sie sich daran, welche Bilder Sie zuerst beeindruckt haben?

»Die ersten, die ich sah, waren wohl die Bilder in unserer Dorfkirche, in Porto Valtravaglia. Religiöse Bilder, einige nicht ganz unbedeutend, aus der Schule von Bernardino Luini. Aber die großen Emotionen fanden andernorts statt. Ich erinnere mich an die Verblüffung und Verstörung angesichts der hinreißenden Mosaiken von Sant'Apollinare in Ravenna, das wir auf einer Reise besuchten, als ich noch ein Junge war. Was immer ein kunsthistorischer Traktat dir erzählen mag, es reicht nicht aus, um dir eine Idee zu vermitteln: Wenn man ein Kunstwerk nicht sieht, versteht man es nicht. San Marco in Venedig verschlug mir den Atem, das viele glitzernde Gold in der dunklen Basilika. Jahre später, als ich schon das Diplom hatte, entsinne ich mich der ›grande bouffé‹ der Malerei der unmittelbaren Nachkriegszeit. Die Surrealistenausstellung in Mailand, die Liebe zu Chagall, dem ich mich mit aller Bescheidenheit und in Anerkennung seiner Größe nahe fühle, wegen seiner Freude am Fliegen, am Paradoxen und seinem Humor. Dann die Entdeckung der ›pittura metafisica‹[210]. Ein großer Schock, aber als ich kürzlich noch einmal Mantegna studiert habe, musste ich feststellen, dass er ein eigentlich ›metaphysischer‹ Maler ist. Diese vielen Gegenstände, die in gespielter Unordnung auf seinen Bilder aufgehäuft werden, die überall verstreuten antiken Relikte, diese Früchte und kopfüber am Himmel schwebenden Kinder, die Zweige, die aus Daphnes Busen sprießen … Höchst moderne Perspektiven, kühn und umwerfend. Er war wirklich der Meister der Meister. So wie die Meister der flämischen Schule, Bosch und Breughel, fähig waren, jede konventionelle Logik über den Haufen zu werfen. Wenn sie Beine aus einem Ei wachsen und Erstochene tanzen lassen, darf man sich nicht wundern über das, was danach kam, von Dalí bis Jacovitti. O ja, die alten Meister kopierten sich ständig.

Schließlich die Reise nach Paris. Mich Auge in Auge mit den Meistern des Impressionismus zu sehen im Jeu de Paume: Ich konnte den Blick nicht lassen von jenen Bildern. Die von Cézanne, mein Lieblingsmaler aus dieser Richtung, dessen Bilder ich kopierte und wieder kopierte, wer weiß, wie oft.«

Das Kopieren ist eine Übung, die Sie heute noch praktizieren, die jedoch in den Kunstschulen und Akademien außer Mode geraten ist, wie es scheint.

»Das ist ein großer Fehler. Das Kopieren ist seit jeher die Grundlage jeder malerischen Ausbildung. Es zwingt dich, in das Bild einzusteigen und die geistige Beschaffenheit des Künstlers zu erfassen, die zur Entstehung seiner Bilder geführt hat. Du begreifst das geometrische Schema, das hinter den Formen steht, du näherst dich der Entscheidung für die Farbe. Eine fundamentale Übung für jeden, der lernen will, wie man malt, dazu eine sichere Quelle der Inspiration. Genau wie das Aktzeichnen. Mit Modell oder ohne. Wir gingen immer in die Gipsothek der Brera, um die Gipsabgüsse der griechischen Statuen zu zeichnen. Jetzt scheint das Kopieren aus der Mode gekommen zu sein. Man hält es für geradezu unschicklich. Eine riesige Torheit. Aber vielleicht würde man heute auch einen Tintoretto für verrückt halten. Bevor er zu malen anfing, stellte er eine Bühne mit allen Details auf, bis ein perfektes Bild entstand. Dazu benutzte er bewegliche Tonfiguren, die wie Marionetten den Platz der Figuren im beabsichtigten Bild einnahmen. Oder Caravaggio, der kein Licht in seinem Atelier haben wollte, nur ein Oberlicht. Die Wände waren schwarz angestrichen, damit es keine Lichtreflexe gab, auch der Fußboden und die Decke, sodass der Raum einer Camera obscura glich, wo nur das Oberlicht seine Modelle beleuchtete und seitliche Lichtstrahlen das Bild zerschnitten. Berühmte Beispiele, die daran erinnern, dass jedes Talent, selbst das größte Genie, immer die Hilfe des Ateliers braucht, um geduldig nach den technischen Mitteln zu suchen.«

Es scheint, dass Ihre Vorlieben als Maler durch einen gemeinsamen Nenner miteinander verbunden sind, der sich aus fantastischem Realismus und poetischer Ironie zusammensetzt. So als ob Sie, wenn Sie die Grausamkeit der Menschen darstellen, das Gefühl hätten, jenes Quäntchen Leichtigkeit zu brauchen, das Ihnen, auch in der dichtesten Dunkelheit, ein Lächeln entlockt.

»Natürlich könnte ich niemals den sozialistischen Realismus ertragen! Ideologisch, feierlich, langweilig, vorhersehbar … Ich habe nicht den Eindruck, dass von dort große Namen gekommen sind. Wie schon Brecht sagte, reicht es nicht aus, ein Kunstwerk mit seriösen und korrekten Inhalten zu füllen. Man muss ein Dichter sein. Mit den Konventionen zu brechen gehört zur DNA eines Künstlers. Sei er Maler oder Poet. Zwischen den Darstellungen Giottos in seinem »Jüngsten Gericht« in der Scrovegni[211] in Padua und dem »Inferno« Dantes in der *Göttlichen Komödie* gibt es mehr als eine Nähe. Derselbe visionäre Blick, dieselbe Lust an der grotesken Darstellung, und unter dem Anschein des Fantastischen das, was die höchst realistische Welt ihrer Zeit war.«

DIE WELT IN EINEM ZIMMER

Hell, malerisch, unordentlich – die Wohnung ist mit ihnen entstanden. Dario und Franca wohnen in einem Haus, dessen Eingang streng wirkt. Dahinter ein Allerweltshof, wo einige Hundert Pflanzen und Pflänzchen sich drängen, die von einem mailänderisch griesgrämigen Portier liebevoll gepflegt werden. Die Eheleute Fo leben hier seit dreißig Jahren. Genug Zeit, um sämtliche Wände zu gestalten und das Apartment in ein Biotop zu verwandeln, das einem Selbstbildnis ähnelt. Wo der Nachtbereich, der der Privatheit und Ruhe dient, nebensächlich ist, die Tageszone hingegen offen, weit offen für ein ständiges, frenetisches Rein und Raus von Freunden, Politikern, Studenten, Künstlern. Wenn Franca und Dario zu Hause sind, steht ihre Tür offen. Und wenn sie müde sind und umringt

von einem »tourbillon de la vie«, gönnen die zwei sich doch keine Pause und weisen keinen zurück. Vom Jungen aus dem sozialen Zentrum, der ihnen nachsteigt, um von ihnen eine Protestunterschrift zu bekommen, über den Professor, der sie zu einem Vortrag überreden, bis zum Gewerkschafter, der sie auf die Straße schleppen will. Die endlose Zahl der Journalisten, die ständig die Telefone und Handys heiß laufen lassen und sie mit den abwegigsten Themen belästigen, ob der Staat noch zu retten wäre und wie die Seele … Die Fos im Stil der »Großen«, geduldig und großzügig, finden stets etwas Zeit für alle und jeden.

Beauftragt, so viele verschiedene Invasionen zu beherbergen und auszuhalten, ist das Wohnzimmer. Es ist das Hauptquartier des Nobelpreisträgers und seiner Frau, die jüngst zur Senatorin[212] gewählt wurde. Nebenan befindet sich der kleine Arbeitsraum, wo er seine Stunden verbringt, indem er schreibt, malt, Bilder betrachtet, während sie, sobald die politischen Verpflichtungen es erlauben, am Rechner sitzt, die Website aktualisiert und Ordnung in das fröhliche Chaos der Titel und Termine ihrer übervollen Vergangenheit bringt. Aber Dario hat nie genug Platz. So enden seine Zeichnungen überall stapelweise, werden angehäuft auf Tischen, getürmt auf Stühlen, blinzeln von den Büchern auf Regalbrettern herab … Manche endet auch in einem Rahmen. Vier Harlekins zum Beispiel, ein paar jugendliche Selbstporträts, wo Fo einen Fo mit ernstem Ausdruck ohne Lächeln darstellt. Eine Tuscheskizze von Jacopo[213], der die viel geliebte Pina[214] zeichnet, die schlau lächelt und sich darüber amüsiert, was für ein fantastisches Durcheinander ihr »Dickkopf« um sie herum angerichtet hat.

Eine derartige Wohnung hätte Mama Pina sich nicht vorgestellt. So groß und so klein. Von den Gegenständen in Besitz genommen. Alle diese Bilder an den Wänden, überall so viele Bücher, diese vielen seltsamen Dinge in den Vitrinen. Und dann Francas Arbeitszimmer … Der Bücherschrank geht über alle vier Wände, das oberste Fach beherbergt einige Dutzend Kommoden und Schränke in Puppenstubenformat. »Die Muster der Schreiner von einst«, erläutert Dario, der die Sammlung seiner Frau kennt. »Diese Truhe ist achtzehntes Jahrhundert, der Schrank daneben Ende neunzehntes. Da es noch keine Kataloge gab, zeigte man den Kunden diese Modelle.«

Für seine »Schätze« hingegen hat man den Wohnraum. Weiträumig, einladend, voller Sofas, ist er doch jedem Versuch, sich zu setzen, abhold. Schwierig, eine Stelle zu finden, wo man seine Kaffeetasse abstellen könnte. Unwahrscheinlich, dass es einem gelingt, sich gegen eine Wand zu lehnen. Unmöglich auch die schlichte Vorstellung, man könnte im Bedarfsfall irgendetwas finden. Darios Leidenschaft für die Künste und sein unaufhaltsamer Drang nach Schönem, der von einer Art Trödlersyndrom angetrieben wird, wenn man es so definieren will, haben den Raum in eine Art »Wunderkammer« verwandelt, auf die er sehr stolz ist.

Seltene Museumsstücke leben zusammen mit offensichtlichen Fälschungen, die auf Verkaufsständen gefunden wurden, und dies in vollkommener Fröhlichkeit und ohne dass ihr Geruch in die Nase stechen würde, denn Fo ist geschickt darin, sie so zu schminken, dass sie echter wirken als die echten.

»Es macht mir Spaß«, erzählt er, »meine Freunde mit dem Spiel des Echten und der Fälschung auf die Probe zu stellen. Manchmal öffne ich eine Vitrine, nehme verschiedene Objekte heraus und frage sie nacheinander: Was meinst du? Ist das echt? Woher stammt es?« Dabei nimmt er aus einem Fach des Glasschranks eines der archäologischen Fundstücke, die sich darin in schöner Ordnung befinden, und dann beginnt die Aufführung. Vorsichtig umfassen seine großen Hände eine wunderbare schwarze Vase mit zwei Henkeln, die eindeutig attischer Herkunft ist. »Die in gelber Ocker ausgeführte Zeichnung zeigt die Höllenfahrt des Dionysos«, erklärt Fo. »Ein exquisites Stück von großer Feinheit.«

Ist es echt?

»Ganz echt. Ich kaufte es vor einigen Jahren bei einem angesehenen römischen Sammler. Und jetzt diese hier«, fährt er fort. Er nimmt eine Vase, ähnliche Form, auch sie schwarz, dekoriert wie die erste. »Sehen aus wie Brüder, nicht wahr? Und doch ist es nur eine der vielen Kopien, die man bei den Händlern kaufen kann, deren Stände rund um die großen Museen stehen. Sie war einfarbig. Die Figuren habe ich gezeichnet, inspiriert haben mich verschiedene Originale.«

Spöttisch und hinterlistig setzt er das Quiz fort. Aus der Vitrine taucht die Statue einer vollbusigen Gottheit auf, die einen mysteriösen Eindruck macht. »Die stammt aus Paestum. Sicher eine Göttin der Fruchtbarkeit. Drittes Jahrhundert. Echt. Hat Franca mir geschenkt.« Eine zweite, noch rundlicher, das Gesicht vom Alter verschliffen, ist dagegen von gestern. »Schön, nicht wahr?«, lacht Dario erfreut. »Auch da habe ich Hand angelegt. Mit dem Schaber aufgekratzt und an den richtigen Stellen neu modelliert. Gleiches Verfahren bei dieser Leda mit dem Schwan.

Hätte ich ihr den letzten Schliff gegeben, so hätte ich sie im Museum gegen die echte Skulptur eintauschen können. Wer weiß, wann der Tausch aufgefallen wäre.«

Und dieser makellose, ovale Marmorkopf – ist das ein Geschöpf Modiglianis?

»Ah, das ist eine wunderschöne Kopie. Ein Geschenk der griechischen Regierung. Das Original steht im Museum von Athen.« Als Nächstes ein Bronzekrieger mit gehörntem Helm von bestechender Eleganz. Das Pendant ist ein stilisierter Wagenlenker. »Der erste ist echt, der zweite falsch. Aber gerade der ist von einer solchen Modernität … Sieht aus wie eine Skulptur von Giacometti. Und dann die Beine der Pferde, die hinter den Rädern des Streitwagens verschwinden, … eine Abstraktion fast nach metaphysischer Art.«

Und die drei kleinen Reiterskulpturen aus bemaltem Ton, die dort oben hängen?

»Die sah ich bei einem Antiquar in Peking: Ich kaufte sie als echte, aber ich habe meine Zweifel, ob sie nicht Tinnef sind. Aber was macht das schon? Ich brauchte nicht übertrieben viel zu zahlen, und sie gefallen mir. Und dass ein Objekt dir ›schön‹ vorkommt und in dir Gefühle erzeugt, ist das einzige taugliche Kriterium, um sich in der trügerischen Welt der Kunst nicht betrogen zu fühlen. Der Schauer, ein ›Original‹ zu besitzen, ein ›Unikat‹, das die Jahrhunderte überlebt hat, hält nur so lange an, wie es dir gelingt, daran zu glauben. So lange, bis jemand, den du für kompetenter hältst, kommt und deine Gewissheit Lügen straft. Ich hatte vor vielen Jahren mal eine Plauderei mit einem Grabräuber. Er übertraf jeden Archäologen im Auffinden etruskischer Gräber. Sie arbeiteten zu zweit, er und sein Vetter. Wenn sie ein unberührtes Grab fanden, machten sie es systematisch leer und verkauften die Fundstücke nach und nach an Sammler und Privatmuseen. Wenn sie hingegen auf ein Grab stießen, das, wie fast immer, ein Kollege schon gefunden hatte, füllten sie es mit allerlei Fälschungen und suchten einen Einfaltspinsel. Einen der vielen Touristen mit einer Vorliebe für alte Scherben, die zu allem bereit sind. Sie lancierten das Gerücht von der unentdeckten Grabstätte, sie führten ihn durch die Wildnis, als müssten sie das Grab selber suchen, und näherten sich nach und nach der Falle. Hinterhältig stellten sie es so an, dass er es selber entdecken musste. Und als sie das Grab öffneten und der törichte Indiana Jones all die Herrlichkeiten sah, fehlte nicht viel, dass er vor Aufregung ohnmächtig wurde. Jetzt war er weichgekocht, und die Grabräuber begannen eine neue Szene: Das ist zu viel, das können wir nicht machen, das kriegt die Behörde raus. So sehen wir die zwei Betrüger in einer großen Theaterszene mit gespielten Zweifeln und Befürchtungen, fingierten Grablämpchen und Kanopen[215]. Natürlich gab es nur ein Mittel, sie zu besänftigen: Geld. Viel und in bar. Alsbald suchten die zwei das Weite, gaben vor, Gewissensbisse zu haben, und der ›dumme Vogel‹ stopfte sich froh den Schatz in die Taschen, den er nie in der Öffentlichkeit zeigen durfte, denn er war illegal, gewährte ihm jedoch das geheime, unvergleichliche Vergnügen, sich den Traum von einem eigenen Museum erfüllt zu haben.«

Davon müssen wir also ausgehen. Für den künstlerischen Laien gibt es keine Gewissheit, ein Original in der Hand zu halten.

»Einige grundlegende Kriterien kann man erlernen. Das Studium der Kunstwerke, Museumsbesuche. Die Lektüre kunstkritischer Schriften öffnet die Augen und lehrt dich, Elemente zu kennen, die den Schlüssel bilden. Bei bestimmten Keramikvasen ist zum Beispiel das Gewicht markant. Originale sind meist leichter, da der gute Töpfer nur den Lehm für die Knetmasse verwendet, der oben schwimmt, der also feiner und leichter ist. Wenn man die zwei Vasen von vorhin in beide Hände nimmt, merkt man sofort, welche die echte ist. Die Bestätigung erhältst du durch das Dekor, die Reinheit der Linien und Züge dieses Dionysos, die Leichtigkeit seiner Bewegungen. Wer das gemalt hat, war ein großer Meister. Vor dem kann ich nur den Hut ziehen. Der Maler hat das Gehirn im Handgelenk, nicht in der Hand, wie einer meiner Lehrer zu sagen pflegte.«

Wo ist der Unterschied zwischen dem Künstler und dem Fälscher?

»Wenn man nur die technische Bravour anschaut, kann die Antwort schwierig sein. Sie ist dagegen einfach, wenn wir über die schöpferische Leistung reden. Was einen Maler oder Bildhauer zum Künstler macht, ist seine Fähigkeit, die Realität in neuer und anderer Weise aufzufassen. Sie neu zu interpretieren, ohne Konventionen und ihrer Zeit voraus. Der Fälscher begnügt sich damit, die Form zu kopieren, auch wenn dies manchmal nicht ohne Talent geschieht. Es ist jedoch auch wahr, dass es zum Beruf des Malers gehört, Echtes und Unechtes miteinander zu vermischen. In seinen *Trionfi*[216], die das kaiserliche Rom zeigen, zeigt Mantegna Bauwerke, die kein Römer jemals sah – vollständig erfunden, gefälscht. Es gehört zum tragischen Paradox des Künstlers, dass er das Absurde glaubhaft zu machen vermag.«

Das ist, alles in allem, auch Ihre Art, mit dem Theater zu arbeiten. Jede Komödie, jede Aufführung von Ihnen folgt dieser Formel: vermischen, nicht unbedingt im Verhältnis eins zu eins. Geschichte und Fantasie, Wirklichkeit und Erfindung. Eine Geschichte steckt in der anderen und wer fragt danach, ob sie wahr sind oder nicht.

»So ist es. Im Übrigen sind große Maler stets auch große Märchenerzähler. Denken wir an Mantegna, Leonardo, Caravaggio. Meine Lieblingskünstler, auch wegen ihrer genialen Erzählkunst. In ihren Bildern kann man sich verlieren, wenn man sie genau betrachtet und die Personen und Ereignisse verfolgt. Werke voller mysteriöser Pfade, die man auf vielerlei Weise lesen kann. Wo das offizielle, erklärte Sujet ein Vorwand ist, um wer weiß welche anderen Geschichten einzubringen. In jedem großen Bild steckt nicht nur eine Geschichte, sondern auch eine Gegengeschichte. O ja, die Maler haben ihre Methoden bei den Spielleuten gestohlen. Und ich habe geklaut bei beiden.«

Hinten in der Vitrine, fast versteckt, drei Terrakottamasken, die den drei Ausdrucksformen der klassischen Dramaturgie entsprechen: tragisch, komisch, grotesk. »Römische Kopien griechischer Originale«, erklärt Fo. Er streichelt sie und seine Finger verharren auf den übertriebenen Mündern, die für immer in ihren Ausdruck gebannt sind. Die Masken nehmen einen herausragenden Platz in der Sarabande der Gegenstände dieses Zimmers ein. Bilden fast eine kleine Welt für sich in direkter Beziehung zum Schauspieler-Autor. Außer den drei griechisch-römischen, die fast im Geheimen verwahrt werden, sind alle anderen Masken gut zu sehen. An einem Balken aufgehängt, der die zwei Bereiche des Wohnraums unterteilt, spähen sie aus leeren Augenhöhlen jedem nach, der hereinkommt oder hinausgeht, kichern hinterrücks, beobachten andere ungerührt.

»Masken der Commedia dell'Arte, venezianische Bautten[217], afrikanische Bühnenmasken, indonesische. Einige sind wirklich sehr selten und alt, aus dem fünfzehnten, sechzehnten Jahrhundert. Die mit den Hörnern ist natürlich eine Teufelsmaske, die weiße mit dem nach unten gezogenen roten Mund ist dagegen eine japanische Kabuki[218]«, erklärt Fo. »Die Maske ist Teil der Kultur eines Landes, ihre Sakralität gehört zum Ritus, sodass das Tragen bei manchen Völkern nur den Initiierten, den Priestern und Hexenmeistern erlaubt war. Am Beginn meiner Karriere empfand ich eine ehrfürchtige Scheu, eine Maske aufzusetzen. Du fühlst in dem Augenblick, dass sich in dir etwas Magisches ereignet. Dein Ich verschwindet hinter jenen Gesichtszügen und macht Platz für einen anderen oder, besser gesagt, für seinen Archetypus. Ob aus Holz, Stoff, Pappmaschee, es funktioniert immer. Es reicht, dass man sich das Gesicht beschmiert, wie es primitive Völker tun oder die Clowns. Die in manchen Kulturen noch immer die heiligen Rollen spielen, die bei uns die Priester eingenommen haben. Wenn man in Indien zum Beispiel ein wichtiges Gebäude errichten will, für kultische oder soziale Zwecke, lässt man die Clowns holen. Sie bringen eine Menge Kinder mit. Alle stellen sich auf den Platz, der für die Fundamente bestimmt ist, und dann veranstalten diese Clowns eine Reihe von Späßen und Kapriolen. Die Kinder beginnen zu lachen, und so wie die komischen Spiele sich steigern, wächst auch das Lachen – und wächst … Bis zur Maulsperre, bis zum kollektiven Hosenpissen. Das ist der ersehnte Augenblick. Das Zeichen, dass der Ort gereinigt ist. Befreit vom Einfluss des Bösen.«

Ein heiliges Gelächter, ausgelöst von einfachen Masken des Volkes. So wie das große Gesicht, aus Holz geschnitzt, grobe Gesichtszüge, Kartoffelnase, großer Fleck auf den Wangen … Man muss lachen, wenn man ihn nur sieht. Wen stellt er dar?

»Das ist der Dorftrinker! Die Flecken sind vom vielen Weintrinken und deuten auf seine Berufung zum Becher hin. Er könnte aber auch ein Spaßmacher oder ein ›Zanni‹ aus der Commedia dell'Arte sein, der dummschlaue Diener, Betrüger und Lügner, je nachdem. Eigenheiten, die zu einer bestimmten Theatertradition gehören, Goldoni allen voran, bis zu einer anderen, die in Wirklichkeit Ursprünge und Eigenarten ganz anderer Art hat – der Harlekin. Zanni ist der Bauer aus der Gegend von Bergamo, der im Elend lebt und zur Schlauheit gezwungen ist – zum Betrug, zur Kunst des Arrangements. Harlekin ist der ›wilde Mann‹, ein Waldmensch, etwas dämonisch, sehr rüpelhaft und böse. Er sorgt für Verwirrung, stört die Konventionen, pfeift auf die Mächtigen. Das genaue Gegenteil des Zanni, des Dieners, der sich gegen die Herrschaft niemals auflehnt. Er versucht höchstens seinen Schnitt zu machen.«

Und diese riesige, wunderbare Maske aus dunklem Leder? Sieht aus wie eine Berühmtheit …

»Das ist sie auch. Es ist eine Kopie des ›David‹ von Michelangelo. Der große Donato Sartori hat sie für mich gemacht. Aus einer berühmten Handwerkerfamilie, die viele schöne Masken geschaffen hat. Für Strehler und Lecoq, für Barrault und Eduardo De Filippo … Ich hatte die Ehre, ihr Maskenmuseum in Albano mit einer Aufführung zu eröffnen.«

Was ist mit dem schlafenden Marmorputto?

»Wunderbar, nicht wahr? Ebenfalls eine Kopie nach Michelangelo. Mich hat ein Detail stets entzückt, der Salamander neben dem hingestreckten Kind, das in tiefem Schlaf liegt. Beschafft hat es mir ein guter Sammler, der verrückt war. Er war geschickt im Zusammensetzen und Auseinandernehmen einer Arbeit, um die Teile getrennt zu verkaufen. Einmal hatte er in seiner Werkstatt eine herrliche Kreuzigung von Nicola Pisano. Schön, aber ohne Kopf. ›Was ist da passiert?‹, fragte ich ihn verwundert, denn wie alle Menschen dachte ich, Jesus wäre gekreuzigt worden, nicht geköpft. Er sagte mir, dass er einen amerikanischen Händler kenne, der zu jeder Schandtat bereit sei, um ein solches Stück zu erwerben. Es war jedoch unmöglich, eine Statue in dieser Größenordnung ins Ausland zu verschicken. Das verbietet unser Gesetz zum Schutz des künstlerischen Erbes. So sägte er den Kopf ab, der einfacher zu verpacken war, und verschickte ihn heimlich, aber problemlos an seinen Bestimmungsort. Zuvor aber ließ er einen Gipsabguss nehmen, von dem ein Künstler eine respektable Kopie anfertigte, die auf den verbliebenen Torso gesetzt wurde. Auf diese Weise konnte er das Werk zweimal verkaufen. Den Kopf an den Amerikaner und die wiederhergestellte Kreuzigung an einen Interessenten im Inland. Ohne Risiko und ohne sonderlich zu betrügen, da es ausreicht, wenn sechzig Prozent eines Kunstwerks original sind, damit es als ›Original‹ gilt.«

Echt, ganz und gar, von Kopf bis Fuß, ist zweifellos der Heilige Sebastian aus Holz, fast lebensgroß, der schmachtend an einer Wand lehnt.

»Ach, der da … Meine erste Erwerbung. Vielleicht das Stück, an dem ich am stärksten hänge. Ich bin fast sicher, dass es von Mantegna ist. Es war Liebe auf den ersten Blick. Um es zu kriegen, musste ich mich ziemlich bemühen. Um den erforderlichen Geldbetrag zusammenzubringen, vor allem aber, um den Antiquitätenhändler zu überreden, der das Stück im Laden hatte. Auch er liebte es und wollte sich nicht davon trennen. Am Ende habe ich ihn rumgekriegt, aber an dem Morgen, als ich die Statue abholen wollte, saß er davor, um sich von ihr für immer zu verabschieden, und schaute sie unverwandt an. Mir brach fast das Herz, aber wer liebt, ist egoistisch, und dieser Sebastian hatte mich weichgekocht. Seither sind viele Jahre vergangen, aber wir haben uns nie getrennt. Er gehört zur Familie. Ich habe ihm den besten Platz des Hauses eingeräumt, wo er am meisten Licht hat.«

In eine weniger ruhmvolle Ecke geschoben, steht hingegen eine andere Figur, ein älterer Typ aus bemaltem Holz, von weniger herzlichem Wesen, weißer Bart, ein langes prachtvolles Kleid, auf dem Kopf eine seltsame Bedeckung.

»Der fiel mir auf wegen seines wütenden, finsteren Gesichts. Als ich erfuhr, wer er war, konnte ich nicht widerstehen. Bonifatius VIII. musste ich haben.«

Bonifatius, den Dante so verabscheut? Der aus einem der schönsten Kapitel von *Mistero buffo*? Sie spielen die Szene, wo er sich in den Mantel helfen lässt, die Tiara aufsetzt, in seiner Dünkelhaftigkeit.

»Genau der. Nur dass seinem hölzernen Doppelgänger irgendein kirchliches Missgeschick widerfahren sein muss. Ursprünglich hatte er auf dem Kopf eine Tiara, die eine rächende Hand im Laufe der Jahre geköpft hat, sodass sie zu einer Art Mitra verkürzt wurde. Da ihn als Papst niemand mehr wollte, auch nicht als Abbild, ist Bonifatius deklassiert und zu einem beliebigen Bischof reduziert worden.«

Eine trauernde Madonna aus grauem Stein, die auf einer Truhe thront, scheint ihn erschrocken anzusehen. »Eine deutsche Pietà aus der Zeit der Hussiten«, erläutert Dario. Dabei greift er einem gigantischen Steinlöwen mit weit aufgerissenem Maul in die Mähne. »Fünftes Jahrhundert nach Christus, aber noch gut in Form«, scherzt er. »Er gehört zu meinem Bestiarium, genau wie die Ziege aus Stein – ein Tier, das der christlichen Tradition heilig war. Die frühen Christen betrachteten den Widder als Symbol des Opfers. Das Motiv wird oft in der Malerei der Katakomben verwendet und in Sarkophage gemeißelt. Caravaggio vereint die biblische Lesart der Borromeo, die dann von seinen Förderern fortgeführt wird, die mit Filippo Neri und seiner Bewegung der Oratorien[219] in Verbindung stehen, wenn er auf einem berühmten Bild Johannes den Täufer als Jüngling malt, wie er einen Widder umarmt. Aber die Malerei des grenzüberschreitenden Caravaggio lädt diese heilige Geste mit anderen, profaneren Bedeutungen auf. Den festlichen Enthusiasmus des Jünglings, seinen nackten Körper, vor allem das gut sichtbare Geschlechtsteil, die fast dionysische Atmosphäre der Szene. In den Augen der heuchlerischen und frömmlerischen römischen Priesterschaft war das nicht hinnehmbar. Eine so enge, fast homoerotische Beziehung zwischen dem Täufer und Jesus war nicht akzeptabel. Der Künstler war deshalb gezwungen, den Titel zu ändern, um sein Werk zu retten, und so wurde aus dem ursprünglichen Heiligen Johannes ein geretteter Isaak. Der Widder war nicht mehr Symbol Christi, sondern ein echter, den Gott sendet, um Abraham in den Arm zu fallen, der ihn anstelle des Sohnes schlachten muss. In dieser hinnehmbaren Deutung konnte das Bild bestehen.«

Neben dem Löwen und dem Widder ein Kentaur aus Bronze, von altertümlicher Schönheit neuerer Machart.

»Das Werk eines Schülers von Manzù, während diese weibliche Figur von Alik Cavaliere stammt, einem Kollegen aus der Akademie, ein Herzensfreund … Es könnte scheinen, dass zwischen allen diesen Stücken keine Verbindung besteht. So verschieden und voneinander entfernt sind sie. Und doch ist jedes auf einem ganz präzisen Weg hierher gelangt. Jedes repräsentiert ein Stück meiner Geschichte. Manche sind mir fast in den Schoß gefallen, andere musste ich mir erarbeiten. Der Preis schöner Dinge ist immer hoch. Für mich, der ich nie von schnellen Autos oder Motorbooten geträumt habe, sind diese Dinge Luxus.«

Betrachtet man das Inventar dieser Schatzkammer insgesamt, so scheint die Skulptur zu überwiegen. Eine erstaunliche Entscheidung bei einem Maler, wie Sie es sind.

»Das stimmt. Ich habe nie Skulpturen gemacht, aber sie haben mich stets sehr angezogen. Die Körperlichkeit der Skulptur, die Möglichkeit, sie anzufassen, zu liebkosen, ist etwas, das dir einen direkten, geheimnisvollen Kontakt mit dem Kunstwerk erlaubt. Die Skulptur, würde ich sagen, spricht unsere Gefühle an, während die Malerei unsere rationale Ebene anspricht. Wenn ich etwas in einem Bild nicht verstehe, nehme ich noch heute einen Bleistift zu Hilfe und zeichne es ab. Nur so kann ich seine innere Dynamik erkennen, seinen Aufbau, die Kettenglieder, die

die in ihm enthaltenen Geschichten miteinander verbinden. Und vielleicht kommen dabei andere zum Vorschein. Die vom Maler nicht vorgesehen waren. Die Macht der Kunst liegt genau hier, in ihrer Fähigkeit, Kräfte zu entzünden, die der Urheber selbst nicht kennt, sodass er auch nicht weiß, worauf sie hinauslaufen.«

Ein Beispiel?

»Wenn ich mir die Kreuzigung der ›Pala[220] di San Zeno‹ von Mantegna anschaue, ein Maler, den ich über alles liebe, und der nicht aufhört, mich zu überraschen, verblüfft mich die Genialität, wie er die Dramatik der Szene von zwei entgegengesetzten und komplementären Seiten her darstellt: links die klagende Madonna, die von zwei frommen Frauen gestützt wird, rechts die zynische Gleichgültigkeit der Soldaten, die um die Kleider würfeln. Unter ihnen ein seltsamer Mensch, ohne Uniform. Ein Armer, der nicht ganz bei sich ist, und mitspielen möchte. Der Held eines Volksmärchens, das Mantegna sicher kannte. Ich habe ihn in mein Stück *Mistero buffo* aufgenommen und die Szene *Der Verrückte unterm Kreuz* genannt, wo der Unglücksmensch, der immer nur verliert und verhöhnt wird, am Kreuz steht und Christus bittet, ihm zu helfen, wenigstens einmal nur zu gewinnen. Und so geschieht es. Vor den Augen der staunenden Soldateska, die überzeugt sind, ihn über den Tisch zu ziehen, gewinnt der Verrückte. Er gewinnt alles: Geld, Kleider, sogar die Erlaubnis, Gottes Sohn vom Kreuz zu holen. Da geschieht das Unvorhersehbare: Der Verurteilte weigert sich, vom Kreuz herabzusteigen. Er behauptet, er müsse ein Opfer bringen. Er müsse sterben, um die Menschheit zu retten. Der Verrückte, der die Grausamkeit der Menschen kennt, schreit ihn an: ›Was redest du da? Hast du dir die Menschen nicht angeschaut?

Leute, die sich gegenseitig abschlachten, betrügen, Geld und Macht raffen. Für die willst du dich opfern? Wer ist hier der Verrückte? Ich oder du?«

Los, Dario, gib Antwort. Wer von den beiden ist der Verrückte?

»Ich meine, sie sind beide verrückt. Zum Glück. Wenn die Menschheit nicht einen guten Prozentsatz an Verrückten hätte, wäre sie längst ausgestorben. Verrückt war sicher einer wie Christus, der die Zeitläufte mit neuen Wörtern umstürzt und sich für seinen Glauben ermorden lässt. Aber verrückt ist auch der Ärmste, der sein Leben lang einem Traum nachläuft. Verrückt sind die Künstler, Erfinder, Erforscher der Erde und der Gedanken. Diejenigen, die die Kühnheit besitzen, die Regeln zu ändern, die bestehende Ordnung auf den Kopf zu stellen, den Gemeinsinn, die aristotelische Logik und den ganzen Rest. Galileo war verrückt. Er wurde angeklagt, widerrief, doch seine Entdeckungen änderten den Lauf der Welt. Auf paradoxe Weise verrückt waren die Aufklärer. Die ›Strahlen der Vernunft‹ zu besingen, bedeutete, gegen die Gebote der Konventionen zu räsonieren. Alle auf dem ›Narrenschiff‹, wo diejenigen an Bord gehen, die nicht im Morast der Gesellschaft stecken bleiben wollen. Also Leinen los und hinaus aufs Meer. Denn die wirklich Verrückten sind die anderen. Die sogenannten ›Gesunden‹, die ohne Gleichgewichtsstörungen, die sich anpassen – in der Schule, bei der Arbeit, in der Familie, der Gesellschaft. Die niemals sich erheben, da es sich nicht gehört und nichts bringt. Die nicht träumen, weil man dabei nur seine Zeit verliert. Stets zu sehr beschäftigt mit den ›ernsthaften‹ Dingen. Damit, Karriere zu machen, Geld zu machen. Die daran glauben, dass darin die Glückseligkeit liegt. Im Anhäufen von Ämtern,

Ehren, Machtpositionen. Bescheidener Ruhm für bescheidene Leute, an die sich einen Augenaufschlag später schon niemand mehr erinnert. Traurige Verrückte, die unfähig sind, den Sinn der großen kurzen Verrücktheit des Lebens zu begreifen. Eine wunderbare, schnell vergängliche Gelegenheit, die man nur im Flug erhaschen kann, um in sie einzutauchen, in fröhlicher Freiheit.«

ANMERKUNGEN

1 *Bezahlt wird nicht!*

2 *Ich räsoniere und singe.* Regie ebenfalls Arturo Corso, der als Regisseur und Fo-Schüler mehrfach in der Bundesrepublik und in Belgien tätig war.

3 deutsch von Renate Chotjewitz-Häfner. Auch auf deutschen Bühnen erfolgreich

4 Szene für eine weibliche und eine stumme männliche Rolle, angelehnt an einen alten Vorwurf. Der Balkonszene aus *Romeo und Julia* nicht ganz unähnlich

5 Gag

6 Anspielung auf Fos erstes Bühnenstück *Poer Nano*

7 Fo gebraucht durchweg das Wort »giullare«, wo ich »Spielmann« schreibe. Man übersetzt »giullare« auch mit »fahrender Sänger«, »Gaukler«, »Hanswurst«.

8 geboren 1933, italienischer Autor, Politiker. Lange Zeit Mitglied der Kommunistischen Partei Italiens (KPI) und Herausgeber der kommunistischen Zeitschrift *Rinascina.* Sozialphilosoph, seit 1972 auch Literaturprofessor

9 Gemeint ist der 1933 in Mailand geborene Dirigent Claudio Abbado. Von 1989 bis 2002 Leiter der Berliner Philharmoniker (als Nachfolger Herbert von Karajans)

10 geboren 1925, London, Theaterregisseur, Filmemacher

11 in einem Brief an Hattingberg vom 14. November 1922 in *Der Mensch und sein Es*, Limes-Verlag, Wiesbaden 1970, Seite 442

12 geboren 1915, italienischer Regisseur, Schauspieler und Drehbuchautor. Meister der Commedia all'Italiana

13 geboren 1920, Autor und Journalist. Widerstandskämpfer, Zeitungsherausgeber, zahllose, vor allem zeitgeschichtliche Buchveröffentlichungen

14 in Venetien für Gianni = Hans. Die Maske des Hungerleiders

15 beliebte venezianische Maske

16 vorwiegend von Frauen verwendete Samtmaske mit langen Haaren

17 Anspielung auf Benedetto Croce, 1866 bis 1952, italienischer Philosoph. Sein Begriff der normativen Ästhetik dürfte den Kunstcharakter der Bühnentexte Fos negieren.

18 im Original: »un vero Mistero buffo«. *Mistero buffo* (= komische (buffeske) Mysterienspiele) lautet der Titel eines Theaterstücks von Dario Fo.

19 Jahrgang 1937, Journalist, Buchautor, Zeitschriftenherausgeber, Literatur-, Theater- und Filmkritiker

20 1932 bis 2004. Lyriker, Essayist, Journalist, literarischer Übersetzer, Theaterdirektor. Mehrere Literaturpreise. Nach 1968 zeitweise Sympathisant der radikalen Linken. Zahlreiche Gedichtbände

21 1914 bis 2005. Bei seinem Tod einer der angesehensten italienischen Lyriker. Im Alter von einundneunzig Jahren Senator ehrenhalber, Staatsbegräbnis

22 1915 bis 2002. Widerstandskämpferin, Universitätslehrerin, Romanautorin, Essayistin

23 geboren 1943, Romancier, Theaterkritiker, Rundfunkfunktionär

24 1921 bis 1997. Italienischer Regisseur; einer der berühmtesten Theatermacher Europas

25 Gabriele Albertini, geboren 1950. Unternehmer. Von 1997 bis 2006 mit einer Mitte-Rechts-Koalition Bürgermeister von Mailand. Seither Europaabgeordneter auf der Liste »Forza Italia« des Medienmoguls Silvio Berlusconi

26 »Ambrogio« nennt man den goldenen Verdienstorden der Stadt Mailand.

27 Politiker der rechtsradikalen Partei »Alleanza Nazionale«

28 im Original: »Nobel dei miei stivali«. »Dei miei stivali« bedeutet umgangssprachlich so viel wie untauglich, nichtsnutzig.

29 im Original »saltimbanchi«, von »auf den Tisch springen«. Das Wort wird auch mit »Scharlatan«, »Schwindler« übersetzt und bezeichnet die Schauspieler, die früher auf den Marktplätzen ihre Bretter aufschlugen.

30 Gemeint sind die sogenannten Konstitutionen von Melfi aus dem Jahr 1231, die »Constitutiones Regni Siciliae« – eine umfassende Gesetzessammlung für das Königreich Sizilien, die dem Herrschaftsanspruch Friedrichs gegenüber dem Papst diente und die Häresie nur am Rand erwähnt.

31 eine von Fo erfundene Lautsprache

32 In Sivas verübte am 2. Juli 1993 ein aufgehetzter Mob einen Brandanschlag auf ein Hotel, bei dem fünfunddreißig Menschen verbrannten, da der Mob verhinderte, dass die Eingeschlossenen das Hotel verlas-

sen konnten. In dem Hotel fand im Rahmen eines alevitischen Kulturfestivals zu Ehren des Dichters Pir Sultan Abdal ein Schriftstellertreffen statt. Der Autor Aziz Nesin, dem der Anschlag in erster Linie galt, kam mit dem Leben davon. Die Feuerwehr unternahm nichts, um den Brand zu löschen und die Eingeschlossenen zu retten, Polizei und Militär ließen den Mob gewähren.

33 deutsch *Meine ersten sieben Jahre und ein paar dazu*, Verlag Kiepenheuer und Witsch, Köln 2004, aus dem Italienischen von Peter O. Chotjewitz

34 = »mezaràt«

35 italienische Redensart: Wer mit dem Hemd zur Welt kommt, ist ein Glückspilz.

36 bekannter Komödiant, 1923 bis 2002

37 Mailänder Theater, noch heute Italiens bekannteste Bühne

38 im Original: »Il dito nell'occhio«

39 Impresario der Theatertruppe Nava-Parenti, wo Franca und Dario ihr erstes Engagement hatten

40 eine der bedeutendsten italienischen Kirchen. Ab 379 erbaut unter Bischof Aurelius Ambrosius, der heiliggesprochen wurde und einer der drei oder vier Stadtpatrone von Mailand ist

41 die Mailänder Kunstakademie

42 Die sogenannte McCarthy-Ära dauerte von 1948 bis 1956 und war gegen die Kommunistische Partei und mutmaßliche Sympathisanten gerichtet. McCarthy war Vorsitzender einer Untersuchungskommission, der ungezählte Menschen zum Opfer fielen.

43 Die Harvard-Universität befindet sich in Cambridge, Massachusetts, nicht zu verwechseln mit der Universitätsstadt Cambridge in England.

44 das erste abendfüllende Stück von Fo aus dem Jahr 1959

45 Beide Stücke stammen aus den Sechzigerjahren vor der APO-Zeit.

46 1922 bis 1990, eine der Säulen der Commedia all'Italiana

47 Tino Buazzelli, 1922 bis 1980. Theater- und Filmschauspieler. Galt als einer der großen Brecht-Darsteller und spielte viel am Piccolo. Populär wurde er durch die Rolle des Nero Wolfe in den TV-Produktionen der Romane von Rex Stout.

48 Massimo Troisi, 1953 bis 1994. Italienischer Schauspieler, besonders bekannt durch den Film *Il Postino* (*Der Postmann*)

49 Giorgio Strehler, 1921 bis 1997. Theaterregisseur (Pirandello, Gorki, Brecht, Artaud, Goldoni, Tschechow, Strindberg u. a.). Gründer und langjähriger Leiter des Mailänder Piccolo Teatro

50 1953

51 1919 bis 1981. Widerstandskämpfer. Gründete 1947 mit Giorgio Strehler das Piccolo Teatro. 1971 bis 1977 Direktor der Mailänder Scala. 1977 bis 1980 Direktor der staatlichen Rundfunk- und Fernsehanstalt RAI

52 Luigi Squarzina, geboren 1922. Theaterregisseur, auch Verfasser von Bühnenwerken

53 Mario Missiroli, geboren 1934, war zunächst Assistent bei Strehler. Seit den frühen Sechzigerjahren experimentierfreudiger Theater- und Filmregisseur

54 Mario Trionfo, 1921 bis 1989. Theaterregisseur. Gründete sein erstes Theater 1957, feierte seit den Sechzigerjahren Triumphe als Regisseur

55 »Teatro stabile« bedeutet so viel wie »festes Haus« im Gegensatz zum Wandertheater.

56 Das zentrale Etymon des Begriffs ist das Wort »Steg«, auch »Steig«. Das Stegreiftheater besteht also, sinnbildlich gesprochen, aus einigen »Stegen«, auf denen der Schauspieler durch das Stück geführt wird, während er im Übrigen frei spricht, auch wenn er, vor allem bei längerer Aufführungsdauer, allmählich immer mehr zu den gleichen Worten und Sätzen greifen wird.

57 »tormentoni« sind wiederkehrende Gags – z. B. der Diener, der über das Eisbärenfell stolpert oder immer wieder denselben Satz sagt.

58 umgangssprachlich für Silvio Berlusconi

59 Calabresi ermordete 1969 den Eisenbahner und Anarchisten Pinelli im Mailänder Polizeipräsidium. Das Stück darüber *Morte accidentale di un anarchico* wurde im Dezember 1970 uraufgeführt. Calabresi wurde 1972 Opfer einer Bestrafungsaktion. 1988 beschuldigte der Kronzeuge Marino sich selbst und einige Genossen der Gruppe »Lotta continua« (»Der Kampf geht weiter«), Calabresi ermordet zu haben. Adriano Sofri wurde als Anstifter zu zweiundzwanzig Jahren Haft verurteilt. Der Kronzeuge erhielt eine erhebliche Strafminderung.

60 Das Stück wurde 1972 uraufgeführt.

61 »Der Kampf geht weiter«, außerparlamentarische linke Gruppe. Es gab auch eine gleichnamige Tageszeitung. Die Gruppe wurde 1986, also vor Marinos Aussagen, aufgelöst.

62 Die »Halle«, eine ehemalige Fabrik, war bis 1973 etwa eine der Spielstätten der »Comune«, der Theatergruppe von Dario Fo. *Klopf, klopf! Wer da? Die Polizei!*, das zweite Stück über Calabresi und Pinelli, wurde meiner Erinnerung nach schon nicht mehr in der Via Colletta aufgeführt, sondern im Kino Rossini – ebenfalls in Mailand.

63 *Lasst Marino frei! Marino ist unschuldig!*

64 Die Werkstatt Squarciones befand sich in Padua. Tura, 1430 bis 1495, arbeitete ab 1460 als Hofmaler der Herzöge d'Este in Ferrara.

65 1927 bis 2002, schrieb Romane, Gedichte, Essays, war zweimal auf der Biennale von Venedig vertreten und lange Zeit Rektor der Mailänder Kunstakademie

66 1926 bis 1998, Bildhauer, Professor an der Brera und zeitweise auch deren Rektor

67 geboren 1926, ursprünglich Architekt, galt lange Zeit als berühmtester zeitgenössischer Bildhauer Italiens. Daneben etliche Bühnenbilder. Skulpturen von Pomodoro stehen überall auf der Welt, nicht nur vor dem Gebäude der UNO.

68 Als »tricoteuses« (Strickerinnen) wurden politische Aktivistinnen aus den Kreisen der Sansculotten bezeichnet, die an den Orten des revolutionären Geschehens auftraten und die Positionen der Jakobiner und Enragés militant unterstützten.

69 Francesco Cenci, aus einflussreicher römischer Familie

70 1577 bis 1599, Gemälde u. a. von Guido Reni. Ihr Schicksal wurde gern in Opern und literarischen Werken dargestellt.

71 auf dem Platz vor der Engelsburg in Rom

72 verabscheut die Langeweile

73 Die Kalenden waren einer der vier Feiertage des Monats, wie die »Iden« etc. Die »Kalenden des Mai« (»Calende Magg«) also einer der Maifeiertage, zugleich ein besonderes Frühlingsfest nach der Aussaat

74 Mailänder Dialekt, Begriff aus der Botanik – »treiben«

75 1775 bis 1821, vielseitiger Dichter, dichtete auch im Mailänder Dialekt. Im erwähnten Gedicht springen die Schulkinder aus der Schultür wie die Fischlein (»fighetti«) aus dem Wasser des Lago Maggiore.

76 Gabriele Albertini, geboren 1950. Fabrikerbe, in der obersten Etage von Wirtschaftsverbänden tätig, an der Spitze einer Mitte-Rechts-Koalition Bürgermeister von Mailand 1997 bis 2006, seither Europaabgeordneter auf der Liste Berlusconi (»Forza Italia«)

77 Marco Tronchetti Provera, geboren 1948. Manager aus lombardischem Patriziat, Schwiegersohn des Reifenherstellers Pirelli. Verwandelte die Firma in eine weltweit agierende Holding des internationalen Finanzkapitals mit Interessen im Geschäft der Telekommunikation, ohne die Reifen zu vernachlässigen. Unter seiner Ägide erfolgte die Verwertung der Firmenimmobilien im Stadtteil Bicocca.

78 Da die vorhandenen zu klein wurden, nahm in Mailand-Bicocca 1998 eine neue staatliche Universität den Lehrbetrieb auf. 2005 hatte Bicocca bereits 30 000 Studenten.

79 »Fabbrica Italiana Automobili Torino« – italienische Automobilfabrik Turin

80 eine Veranstaltungsarena für Sport und Musik mit 9000 Sitzplätzen, 1986 mit Frank Sinatra eröffnet

81 ein Pavillon in einem kleinen Park im Jugendstil, zeitweise Spielort und Sitz der Theater-Kompanie Rame/Fo

82 geboren 1935 in Mailand, erfolgreicher Unterhaltungsmusiker, Pop, Rock, aber auch Schlager und Mainstream-Jazz

83 bis vor Kurzem Oberbürgermeister von London

84 Margaret Thatcher, geboren 1925. Von 1979 bis 1990 britische Premierministerin, konservativ, neoliberal

85 geboren 1952 in Florenz, Komiker, Kabarettist, ständige Auftritte im staatlichen Fernsehen

86 Die »darsena« (zu Deutsch: Hafenbecken), eine Art Kanal mit alten Häusern und Gehsteigen zu beiden Seiten, heute ein beliebtes Vergnügungsviertel, ist ein Teil des frühneuzeitlichen Wasserstraßensystems, das Mailand mit dem Ticino und anderen Flüssen und Orten der Umgebung verband und der Versorgung diente.

87 Bettino Craxi, geboren 1934 in Mailand. Sozialist. Italienischer Regierungschef 1983 bis 1987. Flüchtete vor der Justiz, die ihn wegen unerhörter Korruption verfolgte, nach Tunesien, wo er im Jahr 2000 starb. Nach seinem Sturz brach auch das etablierte Parteiensystem zusammen.

88 Benito Mussolini, 1883 bis 1945. Zunächst führender Sozialist, später Faschist. Von 1922 bis 1943 königlicher Ministerpräsident, seit 1925 mit diktatorialen Vollmachten. Nach seiner Absetzung 1943 nazistischer Popanz und Führer einer norditalienischen Restrepublik

89 Rodolfo Graziani, 1882 bis 1955. Faschist, General, hatte mehrfach Kommandos in Äthiopien, Eritrea und Libyen. Nach dem Krieg verurteilt, bald aber weitgehend amnestiert und Mitglied der neofaschistischen Partei MSI (heute »Alleanza Nazionale«)

90 Adaption einer Episode im apokryphen Evangelium von »Thomas der Israelit«

91 339 bis 397, Präfekt von Mailand, wurde, noch ungetauft, Erzbischof von Mailand und gilt seit dem Mittelalter als Kirchenvater

92 Franz von Assisi, 1181 bis 1226. Freund von Papst Innozenz III., gründete zur Zeit der Ketzerkriege 1209 angeblich ungewollt den Orden der Franziskaner. Der Klarissenorden wurde von seiner Verehrerin Clara gegründet.

93 »Zittert, zittert, die Hexen sind zurück!«

94 Sag ihm nichts.

95 Bernardino Luini, um 1480 bis 1532, Maler kitschiger Bilder, von Leonardo da Vinci beeinflusst

96 311 bis 383, wurde vom Bischof von Konstantinopel ausersehen, die Goten zu missionieren, und verfasste die erste gotische Bibelübersetzung. Dazu musste er zunächst eine gotische Schriftsprache und viele

Begriffe erfinden. Für die Entwicklung der germanischen Literatur war Wulfila stilbildend.

97 u. a. die West- und Ostgoten, Vandalen, Burgunder und Langobarden

98 eine Musikgruppe der Sechzigerjahre, diverse Schallplattenaufnahmen

99 eine erfolgreiche musikalische Revue unter Mitwirkung von Fo, auch auf Platte und Video erhältlich

100 von Molière. Originaltitel: *Les fourberies de Scapin*. In Deutschland auch gespielt unter dem Titel *Die Schelmenstreiche des Scapino* oder einfach nur *Scapino*. Scapin ist eine neapolitanische Figur – Diener und Schelm – der italienischen Stegreifkomödie, sympathisch, durchtrieben, geschickt, respektlos.

101 »tormentone« – ein Gag, der in seiner Wiederholung besteht

102 deutsch unter dem Titel *Das Flattermäuschen*

103 alias Franca Maria Norsa, geboren 1920 in Mailand. Schauspielerin, Komikerin, umfangreiche Filmografie. Der Künstlername ist eine Anspielung auf den Dichter Paul Valéry.

104 *Siebtes Gebot: Stiehl ein bisschen weniger*, eine der ersten abendfüllenden Komödien von Fo

105 Anspielung auf das Stück *Mistero buffo* aus dem Jahr 1969, ein Einpersonenstück, mit dem Fo tatsächlich um die ganze Welt gereist ist

106 Blumen, Blumen, Blumen das ganze Jahr

107 alte sizilianische Gedichtform

108 Das Ferkel ist in Wahrheit ein kleines Wildschwein, eine Bronze, die sich heute im Palazzo Pitti befindet. Sie stand ursprünglich beim neuen Markt, dem sie den Namen gab: »Loggia del Porcellino«. Zwischen Dom und Rathaus an der Via Calimala gelegen

109 Der Grammelot ist ein Mittel des Vortrags, das onomatopoetische Geräusche, Worte und bedeutungslose Phoneme zu einer Rede fügt.

110 Angelo Beolco, 1496 bis 1542, genannt Ruzzante. »Ruzzare« = herumtollen. Stückeschreiber und Schauspieler

111 1240 bis 1315, Laienpriester, Lehrer, gilt als der bedeutendste lombardische Dichter des dreizehnten Jahrhunderts

112 Spielmann aus der Lombardei, fünfzehntes Jahrhundert. Name unbekannt. Der überlieferte Textkorpus besteht aus ungefähr zweihundertfünfzig Versen einer antibäuerlichen Satire. Fos Stück *Die Geburt des Spielmanns* (in *Mistero buffo*) geht angeblich auf Matazone zurück.

113 Pietro da Bescapè, etwa 1220 bis etwa 1280. Verfasser einer Reimpredigt (zweite Fassung 1274). Man nimmt an, dass er Soldat und Anführer einer kleinen Truppe war, denn 1260 bot er dem Hauptmann von Florenz seine Dienste »mit einigen Rittern« an. Er gehörte zum

Kleinadel und war, wie es in einer Untersuchung heißt, »typisch für jene soziale Klasse, die sich der bäuerlichen und städtischen Plebs überlegen fühlte«.

114 Ich kenne die Figur nur als Bildhauer um 1300 in Norditalien, Bergamo zum Beispiel.

115 »Rosa fresca aulentissima«

116 Spielmann des dreizehnten Jahrhunderts, bekanntester Repräsentant der sizilianischen Volksdichtung. Stammte womöglich aus Alcamo oder Messina. Gehörte eventuell zum Hof Friedrichs II. in Palermo. Der Name ist mit Sicherheit ein Spitzname. Natürlich ist auch Fos Interpretation des Autors und seines Gedichts umstritten. Das Gedicht besteht aus zweiunddreißig fünfzeiligen Strophen.

117 Der »Lange Marsch« begann im Oktober 1934 und diente u. a. der Flucht vor den Truppen Tschiang Kai-scheks. Er dauerte ein Jahr. Von den 90 000 Teilnehmern kamen nur 7000 ins Ziel. Viele starben durch Kampfhandlungen und Erschöpfung. Dennoch war der Marsch ein Erfolg. Er schuf die Basis für den Sieg der Revolution nach dem Zweiten Weltkrieg.

118 1887 bis 1975, chinesischer Generalissimus und Politiker, von Mao nach Formosa verdrängt

119 Renato Vallanzasca, geboren 1950 in Mailand, war früh kriminell und verübte Raubüberfälle, Morde, erpresserischen Menschenraub. Zurzeit für 260 Jahre im Zuchthaus. Einer der charismatischen Gangster im Italien der Siebzigerjahre

120 Francis Turatello, geboren 1944 auf Sardinien. Das Gerücht hält ihn für einen Sohn des italo-amerikanischen Mafiabosses Frank »drei Finger« Coppola. Anfänge als Kleinkrimineller. Oszillierte zwischen den diversen Regionen des organisierten Verbrechens. Berühmt wegen seiner Feindschaft mit Vallanzasca. Soll noch aus dem Zuchthaus seine Bande geführt und so auch an der Ermordung von Aldo Moro mitgewirkt haben. 1981 in einem sardischen Gefängnis im Auftrag der neapolitanischen Camorra ermordet. Er wurde erstochen und aufgeschlitzt. Sein Herz wurde gekocht und verzehrt.

121 in Tübingen unter der Leitung von Klaus Pierwoß, Regie: Walter Kolneder, Musik: Susanne Hinkelbein

122 Die *Dreigroschenoper* in der Version von Fo ist nachzulesen in der vergriffenen Textausgabe des Verlags Giuseppe Zambon in Frankfurt am Main und beim Bühnenvertrieb Verlag Autorenagentur in Berlin erhältlich. Deutscher Titel der Adaption des Stoffs: *Die Oper vom großen Hohngelächter*

123 1952

124 Mucio Cordo, ein römischer Adliger, legte um 580 v. Chr. seine Hand ins Feuer, weil er versehentlich nicht den etruskischen Feldherrn Por-

senna (sondern einen anderen) erstochen hatte. Seine sprichwörtliche Geste überzeugte den Etrusker von der Überlegenheit der Römer, sodass er die Belagerung von Rom abbrach und Frieden schloss.

125 von »gorgogliare« = blubbern, rumoren, glucksen, kollern

126 Monsù Travet, Figur aus einer Komödie des neunzehnten Jahrhunderts, danach Inbegriff des kleinen Angestellten und Beamten, der sich groß vorkommt

127 Ugo Fantozzi, Buchhalter mit einer schrecklichen Familie, Held der *Fantozzi-Sage*, die seit 1975 ausgestrahlt wurde und aus etwa elf Filmen bestand – *Fantozzi gegen alle, Fantozzi leidet weiter, Fantozzi geht in Pension, Fantozzi im Himmel, Fantozzi wird geklont* usw.

128 Gesunde in die Zwangsjacke

129 »Ente Teatrale Italiano« – Bühnenverein

130 Christdemokrat, vielfach im Zwielicht wegen seiner Beziehungen zur sizilianischen Mafia, mehrfach Ministerpräsident, von Fo in fast allen seinen Stücken karikiert und verspottet

131 Giovanni Testori, 1923 bis 1993, Schriftsteller, Bühnenautor, Kritiker. *Arialda* (1960) gehört zu seinem Zyklus *Die Geheimnisse von Mailand*, der von den Randzonen des Lebens handelt. Das Stück thematisiert die Homosexualität und löste deshalb einen Skandal aus. Bedeutende Persönlichkeiten des kulturellen Lebens beteiligten sich an der Debatte. Luchino Visconti leitete die Inszenierung. Testori verwendete als einer der Ersten eine frei erfundene Großstadtsprache, die aus einem Gemisch von Mailänder Slang und fremdsprachlichen Einsprengseln bestand (englisch, französisch).

132 *Gli arcangeli non giocano a flipper* von Fo, 1959

133 Das 1930 eröffnete Theater Odeon, erbaut zusammen mit dem gleichnamigen Jugendstilkino, war luxuriös, ebenfalls jugendstilartig und sah Aufführungen der verschiedensten Art. Franca und Dario lernten sich hier 1951 zufällig kennen. Guido Bossi leitete das Theater bis 1963.

134 Mit dem heutigen meint Fo den Führer der ausländerfeindlichen und rechtsradikalen »Lega Nord«, die einen selbstständigen norditalienischen Staat fordert und derzeit zum Regierungsbündnis Berlusconi gehört.

135 Das Stück war auch finanziell der größte Erfolg des Jahres.

136 von »canzone« = Lied, Schlager. Titel eines beliebten Schlagerwettbewerbs, der in eine Veranstaltung, ebenfalls in Verbindung mit der Fernsehlotterie, mündete, in der die Schlager des Jahres ermittelt wurden

137 Carpi hat auch zu den meisten Komödien von Fo die Musik und die Songs geschrieben.

138 Ettore Bernabei, christdemokratischer Spitzenpolitiker, geboren 1921, leitete zunächst die Parteizeitung, dann, von 1961 bis 1974, den staatlichen Fernseh- und Radiosender RAI. Danach führte er die Staatsholding Italstat, zuletzt war er als Produzent religiöser Filme tätig.

139 Anspielung darauf, dass auch Andreotti Beziehungen zur Mafia unterhielt

140 1922 bis 1980, Komiker, galt lange als einer der besten Brecht-Schauspieler; Bühne, Fernsehen, lange Filmografie

141 1928 bis 1996, Komiker, Schauspieler auf der Bühne, im Radio, Fernsehen, Film

142 lebte von 1924 bis 1991, erfolgreicher Film- und Fernsehschauspieler

143 1917 bis 2008, Sänger, Jazzgitarrist

144 Christdemokrat

145 Sozialist

146 Sozialdemokrat

147 Republikaner

148 Lire

149 Zelt

150 1922 bis 1984, war seit 1968 Vizepräsident des Parteisekretärs Longo, trat seit 1969 als Abweichler von der Moskauer Linie auf und war seit 1972 selbst Parteisekretär, der die Sozialdemokratisierung der Partei vorantrieb (sogenannter Eurokommunismus)

151 Volkshaus

152 Kleinstadt zwischen Modena und Mantua in der Poebene

153 Giancarlo Pajetta, 1911 bis 1990, Kommunist von frühester Jugend an, seit 1933 im Lager, seit 1943 Partisanenführer, »Außenminister« der Kommunistischen Partei

154 Associazione Ricreativa Culturale Italiana – Kultur- und Freizeit-Organisation, in den Fünfzigerjahren gegründet, mit Bars, Tagungs- und Versammlungshäusern in fast allen Städten und Dörfern, stand der KPI nahe

155 Ortsteil der Provinzhauptstadt Verbania in der Region Piemont

156 Chemiefaserfabrik, zählte bisweilen 9000 Beschäftigte

157 1970

158 Fo: »tormentone«. Im Deutschen ist der englische Ausdruck gebräuchlich.

159 1972

160 Alessandro Natta, 1918 bis 2001. Bezeichnete sich selbst auch als Aufklärer und Jakobiner. 1984, unmittelbar nach Berlinguer, Generalse-

kretär der Kommunistischen Partei. Versuchte eine erneute Annäherung an die KP der Sowjetunion, aber zu spät. Wandte sich vergeblich gegen die Namensänderung der Partei in PDS und die Aufgabe marxistischer Positionen

161 Palmiro Togliatti, 1893 bis 1964. Einer der Gründer der KPI und Mitglied der Kommunistischen Internationale (Kommintern). 1947 bis 1964 Generalsekretär der KPI. Nach seiner Rückkehr aus der Sowjetunion 1944 Initiator der »Wende von Salerno« in Abstimmung mit Stalin – Verzicht auf die Revolution in Italien. Bis 1946 Justizminister und stellvertretender Ministerpräsident

162 Die Flinte mit zwei abgesägten Läufen gilt als das übliche Mordgeschütz der alten sizilianischen Mafia.

163 Paolo Liguori, geboren 1949. Journalist, Exponent der APO in Rom, wo er zu den sogenannten »Vögeln« gehörte. Dann bei »Lotta continua«. Sein Weg nach rechts begann Mitte der Achtzigerjahre und führte ihn über »Kommunion und Freiheit« ins Lager des Medienmoguls Berlusconi.

164 Giuliano Ferrara, geboren 1952. Fernsehjournalist mit großer Entourage. Erst APO, dann KPI, dann bei den (korrupten) Craxi-Sozialisten, zuletzt Minister bei Berlusconi. In den letzten Jahren auch Abtreibungsgegner. Für die Kriege gegen Irak, für die jüdisch-christlichen Wurzeln des Abendlandes. Bezeichnet sich als gläubigen Atheisten

165 Aldo Brandirali, geboren 1941 in Mailand. Seit dem dreizehnten Lebensjahr Fabrikarbeiter. Seit 1960 Fabrik-Militanz. Bis 1967 Parteifunktionär. War 1968 einer der Exponenten der maoistischen »Unione Communisti Italiani (marxisti-leninisti)«, die zeitweise 15 000 Mitglieder hatte, und ihrer Zeitung *Servire il Popolo* (»Dem Volke dienen«), die auch schon eine Gegenregierung gebildet hatte. 1977 wurde die dogmatisch starre Organisation von Brandirali aufgelöst. In den Achtzigerjahren Hinwendung zum Katholizismus und zur »Kommunion und Freiheit«. 1993 Christdemokrat. Schrittweise Wendung zu Berlusconis mafiöser Partei »Forza Italia«

166 Partei Berlusconis

167 eine 1954 gegründete katholische politische Organisation

168 maoistischer Slogan

169 im Original »gioco delle tre tavolette«, bei dem der Betrüger drei dünne Holztäfelchen rasch bewegt und der Betrogene raten muss, unter welchem Täfelchen sich die rote Spielkarte befindet

170 Leopoldo Fregoli, 1867 bis 1936, über Italien hinaus bekannter Komiker, Sänger und Varietékünstler, war sprichwörtlich für seine Verwandlungskunst, die es unter dem Schlagwort »Fregolismus« bis ins Lexikon der italienischen Sprache schaffte.

171 Alfredo Biondi, geboren 1928. Abgeordneter seit 1972, siebenmal für die Liberalen, zweimal für Berlusconi. Minister unter Fanfani (Christdemokrat), Craxi (Sozialist) und Berlusconi.

172 im Original: »Farsa Italia«. Wortspiel und Anspielung auf »Forza Italia«

173 Salò = Kleinstadt am Gardasee. »Republik von Salò« nannte man den faschistischen Rumpfstaat in Norditalien nach dem Sturz Mussolinis.

174 Das Komitee zur nationalen Befreiung, 1943 nach dem Sturz Mussolinis in Rom gegründet, war eine überparteiliche, antifaschistische Organisation zur Befreiung Italiens von der deutschen Besatzungsmacht und der mit Deutschland verbündeten Republik von Salò.

175 1926 bis 1998, Zeichner, Maler, Konzeptkünstler, Designer, Professor an der Mailänder Kunstakademie

176 eine Gruppe ganz junger Dilettanten, die sich in einem Raum in der Via Lambertenghi – daher Lambro Jazz Band – trafen. Gespielt wurden ganz im Zeitgeist und wie überall in Italien beeinflusst vom Stil Armstrongs, der Italien 1949 bereiste, Blues und Dixie, traditionell also. Lambro debütierten 1950/51 und hatten sofort riesigen Erfolg bei Publikum und Kritik. Die Formation spielte einige hundert Platten ein und trat vor allem in den Fünfzigerjahren auf zahllosen Festivals auf, Paris, Rom, Lugano. Auf einem Jazzfestival in Zürich wurden der Trompeter und der Schlagzeuger der Gruppe noch 1980 geehrt.

177 Roberto Crippa, 1921 bis 1972, gehörte mit Gianni Dova, Cesare Peverelli u.v.a. seit 1950 zur Gruppe um Lucio Fontana und den Unterzeichnern des Manifests der »Arte spaziale«. Viele internationale Ausstellungen, Teilnehmer der Biennale. 1972 stürzt er mit seiner einsitzigen Propellermaschine ab. Dova, 1925 bis 1991, international erfolgreich, gehörte zu den namhaften Mailänder Künstlern der ersten Nachkriegsjahre. Peverelli, 1922 bis 2000, lebte überwiegend in Frankreich. 1960 offizieller italienischer Biennalevertreter

178 Carlo Lizzani, geboren 1922. Arbeitete nach dem Zweiten Weltkrieg an so wichtigen Filmen mit wie *Deutschland im Jahre null*. Seine Filmografie als Regisseur umfasst zwei Dutzend Filme. Am Film *Der Spinner*, der wohl schon 1955 gedreht wurde, natürlich eine erfolgreiche Komödie, arbeitete als Koautor Darios Bruder Fulvio mit. Weitere Rollen spielten Franca Rame, Franco Parenti und Giustino Durani.

179 Ottavio Missoni, Jahrgang 1921, gewann 1939 die Studentenweltmeisterschaft in Wien über vierhundert Meter und vierhundert Meter Hürden. Nach der Kriegsgefangenschaft in Ägypten nahm er 1948 an den Olympischen Spielen in London teil, wo er über die vierhundert Meter Hürden Sechster wurde und auch die Vier-mal-vierhundert-Meter-Staffel lief. Nach seiner Laufbahn als Sportler eröffnete er in Triest eine Fabrik für Strickwaren. Später heiratete er die Erbin eines großen Textilunternehmens. Seit den Sechzigerjahren kreierte er Mo-

den. Seit den Achtzigerjahren war er als Kostümbildner tätig, u. a. für die Scala in Mailand.

180 Cesare Zavattini, 1902 bis 1989, war italienischer Drehbuchautor.

181 Age und Scarpelli, italienische Drehbuchautoren, die zumeist in einem Atemzug ohne Vornamen genannt werden. »Age«, eigentlich Agenore Incrocci, geboren 1919, fing schon in den Dreißigerjahren als Texter beim Radiovarieté an. Nach seiner Flucht aus deutscher Gefangenschaft diente er in der US-Army. Furio Scarpelli, ebenfalls Jahrgang 1919, zeichnete und schrieb schon vor dem Krieg für eine satirische Zeitschrift, wo er Age kennenlernte. Ihre erste Kinoarbeit war der Film *Totò cerca casa* (*Totò sucht Wohnung*), mit dem sie zu den Erzvätern der Commedia all'Italiana wurden. Es war der Anfang einer großartigen Filmkarriere. Sie schrieben Drehbücher für Ettore Scola, Dino Risi und Sergio Leone (*Il buono, il brutto e il cattivo*) u. v. a.

182 Luciano Emmer, geboren 1918. Begann als Dokumentarfilmer und arbeitete vor allem über Künstler und Kunst. Seit 1950 auch Spielfilmregie bis in die jüngste Zeit

183 die schon besprochene Fernsehsendung mit Franca Anfang der Sechzigerjahre

184 Ermanno Olmi, geboren 1931. Filmregisseur, Drehbuchautor, Opernregisseur, Dokumentar- und Spielfilme, ausgezeichnet u. a. in Cannes und Venedig

185 Antonio Guerra, geboren 1920. Poet, Schriftsteller. Schrieb Drehbücher für Antonioni, De Sica, Tarkowski, Fellini, Petri u. v. a. Der erwähnte Werbeauftritt machte ihn berühmt.

186 Badeort an der Adria, wo Fo die Sommerferien verbringt

187 Ladenkette mit 150 Verkaufsstellen für Unterhaltungselektronik. Britisches Kapital. Derzeit in der Krise

188 1898 bis 1989, Niederländer, mehr als fünfzig Filme

189 Antonio Pietrangeli, 1919 bis 1968. Drehbuchautor, Kameramann, Filmregisseur, während Dreharbeiten im Meer ertrunken

190 1964. Originaltitel: *Il vangelo secondo Matteo*

191 Der Roman ist unter dem italienischen Originaltitel 1990 auch auf Deutsch erschienen. »Ragazzi« = Jungs. »Di vita« = des Lebens

192 *Zufälliger Tod eines Anarchisten*

193 *Einer für alle, alle für einen! Verzeihung, wer ist hier eigentlich der Boss?*

194 *Klopf, klopf! Wer da? Die Polizei!*

195 *Bezahlt wird nicht*

196 *Der geraubte Fanfani*

197 Gemeint ist das Stück *Clacson, trombette e pernacchie*, deutscher Titel

Hohn der Angst, wo es aber um die missglückte Entführung des FIAT-Präsidenten Agnelli geht.

198 Fo meint offensichtlich die Zeit um 1973. Der Sozialist Bettino Craxi, der sich der Strafverfolgung 1993 durch Flucht ins Ausland entzog, kam 1983 an der Spitze einer Koalition aus Christdemokraten, Sozialisten, Sozialdemokraten, Republikanern und Liberalen an die Regierung. Er regierte vier Jahre.

199 Ein Herr Falck leitete seit 1833 einen Metall verarbeitenden Betrieb, der 1906 in eine lombardische Stahl- und Eisenaktiengesellschaft umgewandelt wurde und heute mit Energie handelt. Das Phänomen Berlusconi ist somit der dritten industriellen Revolution geschuldet.

200 gegründet 1886. Eisenbahnen, Militärflugzeuge, Lastwagen, Maschinen für Landwirtschaft und Bauwesen. Heute eine Finanzholding. Seit 1973 wurden einige leitende Manager nach einer Serie von tödlichen Betriebsunfällen wegen vorsätzlichen Mordes angeklagt (allerdings teilweise freigesprochen).

201 geboren 1953, Sänger, Kabarettist, Schauspieler im Theater, Film, Fernsehen

202 Mittel gegen Depressionen

203 Opernhaus

204 Plomières-les-Bains, Lothringen, berühmtes Thermalbad seit der Antike

205 1757 bis 1836, Bourbone, durch die Juli-Revolution 1830 gestürzt

206 Als »Gesalbte des Herrn« wurden diverse italienische Politiker bezeichnet, darunter die mafiösen Andreotti und Berlusconi.

207 Wegen seiner unerfüllbaren Versprechungen wird Berlusconi gern als Wunderheiler bezeichnet. Das erste Mal taucht der Begriff »Wunderheilerkönig« 1924 auf, nach der mussolinischen Machtergreifung.

208 Emilio Tadini, 1927 bis 2002, Künstler

209 »Der gezeichnete Körper«

210 Die Bezeichnung wurde zuerst von Giorgio de Chirico und seinem bedeutsameren und deshalb weniger bekannten Bruder Andrea de Chirico, Künstlername Alberto Savinio, gebraucht.

211 Die Scrovegni-Kapelle in Padua wurde um 1300 von einem Enrico Scrovegni auf den Ruinen einer römischen Arena errichtet.

212 Franca Rame war während der kurzen Legislaturperiode der Links-Mitte-Koalition, auf die sich Romano Prodi zu stützen hoffte, von 2006 bis 2008 Mitglied der zweiten Kammer des römischen Abgeordnetenhauses.

213 zur Erinnerung: Sohn von Franca und Dario

214 zur Erinnerung: Darios Mutter

215 die pechgefüllte Vase, in der schon die alten Ägypter und dann die Etrusker das Gedärm der Toten gesondert beisetzten

216 *Triumph Cäsars*, Gemäldezyklus, entstanden zwischen 1486 und 1492, Hauptwerk der italienischen Renaissance, lange in der herzöglichen Sammlung in Mantua, schwer beschädigt, heute in der Sammlung der britischen Königin im Hampton Court Palace

217 Die Bautta ist mehr eine Verkleidung als eine Gesichtsmaske. Sie war auch keine reine Theater- oder Karnevalsmaske. Man trug sie das ganze Jahr über, auch auf der Straße, um anonym zu bleiben. Sie wurde deshalb immer wieder verboten.

218 japanisches Theater, das in sich Pantomime, Tanz, Gesang, einen seltsamen Sprechstil und Kostüm vereint. Die Maske bestand zumeist nur aus dick aufgetragener Schminke.

219 Filippo Neri, 1515 bis 1595. Geistlicher. Gründer der Oratorianer, einer weltpriesterlichen Vereinigung

220 Altarbild